当代中国最具实力中青年作家作品选

津 子 围 长 篇 小 说

爱的河流

津子围 著

中国言实出版社

图书在版编目（CIP）数据

爱的河流 / 津子围著. —北京：中国言实出版社，2016.12（2019.1重印）
ISBN 978-7-5171-2220-3

Ⅰ. ①爱… Ⅱ. ①津… Ⅲ. ①长篇小说 – 中国 – 当代
Ⅳ. ①I247.5

中国版本图书馆 CIP 数据核字（2017）第 015551 号

出 版 人：王昕朋
总 监 制：朱艳华
责任编辑：陆 军
文字编辑：冯素丽
　　　　　张 强
封面设计：水岸风创意文化

出版发行　中国言实出版社
　　　　地　址：北京市朝阳区北苑路 180 号加利大厦 5 号楼 105 室
　　　　邮　编：100101
　　　　编辑部：北京市海淀区北太平庄路甲 1 号
　　　　邮　编：100088
　　　　电　话：64924853（总编室）　64924716（发行部）
　　　　网　址：www.zgyscbs.cn
　　　　E-mail：zgyscbs@263.net
经　　销　新华书店
印　　刷　三河市华晨印务有限公司
版　　次　2017 年 4 月第 1 版　　2019 年 1 月第 2 次印刷
规　　格　710 毫米 × 1000 毫米　1/16　14 印张
字　　数　189 千字
定　　价　37.00 元　　ISBN 978-7-5171-2220-3

目　录

第 一 章

　　在妻子和女儿面前接另一个女人的电话，并且，他的另一个"儿子"已经来找他，他能不紧张和尴尬吗？

就像很多普普通通的夜晚一样，唐凌疏于体味，并沉浸在家庭温馨的环境之中。就在这个夜晚，一个突如其来的电话，搅起了他内心的波澜。

那天，是唐凌女儿冰默的生日。唐凌和妻子吴小楠陪着冰默去了海上明珠大酒店，在那个酒店的二十二楼旋转餐厅里。他们为九岁的女儿冰默举行了生日宴。

在唐凌眼里，冰默犹如一只在疏朗的白桦林里充满着快乐和活力的小鹿，轻轻盈盈地欢跳着。他们上楼时乘坐的是观光电梯。弧形的玻璃罩被酒店外音乐广场的灯光映衬得如圣诞树上挂的星星灯一般，流光溢彩，熠熠闪烁。

就在那个快速升起的电梯中，冰默的两只胳膊分别搂着唐凌和吴小楠，冰默说："你们猜，吹生日蜡烛的时候，我会许什么心愿？"

唐凌俯下身来，说："我可以猜，不过条件是你必须先亲我一下。"

冰默就在唐凌的脸上亲了一下。

这时，电梯已经到了旋转餐厅的门口。

"你还没有回答我！"冰默拉着唐凌的手说。

吴小楠在一旁笑着，对冰默说："你不要把你爸爸想得太聪明了，他一向不适合猜谜的。"

"可是，他已经答应我了。"

唐凌说："我是答应你了，可我并没说现在就给你答案。"

"那要到什么时候？"

"也许在你等不及了，自己说出来的时候。"

"噢，爸爸又耍赖皮！"

这些对话是他们从电梯口走到餐桌前完成的。接下来就是选择餐桌，选择餐桌的任务由冰默来承担，她显得经验丰富的样子，指了指不远处的一个餐桌，说："我们就要 9 号。"

他们就围着 9 号餐桌坐了下来。临窗的是两个位子，分别由吴小楠和冰默占据着。尽管如此，唐凌的视野仍然开阔。坐在餐桌旁，可以俯瞰这座沿海城市的夜景。当时，他们所处的位置正好可以看到海港。海港有一串串的灯光，纵横交错着，生幻出许多几何型的图案。当然，也可以看到远处幽深的大海。大海被凝重的黑色裹藏起来，只有红色的航标灯在活力非凡地闪闪烁烁。

晚宴的丰盛是自然的，冰默似乎已经习惯了父母给予她的待遇。按照连冰默都熟悉的生日庆祝活动程序，他们模式化地进行着。那些半洋化的诸如点蜡烛、许心愿、吹蜡烛、唱生日歌、切生日蛋糕等仪式进行之后，冰默便主动提出要看唐凌和吴小楠给她的生日礼物。

吴小楠和唐凌交换了一下眼神儿，就先把东西拿了出来。冰默接过吴小楠的礼物，打开包装，礼品盒里露出了款式精致、质地考究的连衣裙。冰默似乎对她母亲的礼物不够满意，她直白地说："我并不喜欢这样的颜色。"

吴小楠说："我记得你说你最喜欢穿紫罗兰衣服的娃娃。"

"我喜欢把紫罗兰颜色的衣服穿在毛毛（娃娃）身上，而不是我自己身上。"

"好了，我的小公主。"唐凌接过话题，"妈妈的祝愿总是美好的！"

冰默眨了眨眼睛，没说什么。

按照顺序，该唐凌拿出他的礼物了。由于刚刚碰到的问题，他开始有些担心，担心自己选的礼物会不会同吴小楠选的礼物一样，不对冰默的心思。唐凌递给冰默的是一张生日贺卡。那张贺卡上写着：祝女儿冰默，天天快乐，天天进步！贺词的下面非常关键，下面一行字写着礼物的清单：旱溜冰鞋、护膝、护肘各一套，安全头盔一个。这个办法唐凌用过一次，半年前，冰默在学校集体入队的时候，校方要求家长给孩子送礼物，他学到了这种方法。

不想，冰默看过贺卡之后，伸过身子，高兴地在唐凌的脸上亲了一口。

唐凌放心了，他的礼物得到了冰默的认可。只是，他不知道冰默满意的是他的方式还是他送给她的礼物，或许两者都有。

吴小楠接过冰默手里的贺卡，看了看，皱着眉头说："这种危险的东西并不适合女孩子。"

冰默连忙把贺卡抢了过去，对吴小楠说："那不过是你的看法！"

唐凌及时地参与进来调节气氛，他问冰默，是不是可以公布你的答案了。

"什么答案？"

"你许的愿望啊！"

"不要把我当小孩子，从现在开始，我就有秘密了。"

唐凌看了看吴小楠，吴小楠无可奈何但又有些自豪地笑了笑。

唐凌的眼前也开始迷离了。在他看来，女儿冰默的童年与他的童年没有一丝一毫的联系，她适应高档酒店里的环境，适应昂贵奢华的礼物，她属于这个物质的时代、温情的时代，属于这座她出生的商业斑斓的海滨城市。而他的童年是在中国北部偏远、宁静的小镇，那个时候，生活上的窘迫和理想的崇高不安地结合着。他还记得他九岁的生日，母亲给他煮了一个鸡蛋，他用皲裂了口子的小手捂着那个宝贝，不舍得吃掉它。

时光会改变很多东西。唐凌想。

生日晚餐之后，他们一家三口人坐计程车回家。吴小楠大概想持续生日宴的良好状态，回到家里，她就把冰默参加市少年组钢琴比赛的录音带找了出来。

"鼓励和给予信心更有利于成长。"吴小楠对唐凌说。

于是，客厅里流淌出冰默演奏的钢琴曲。那是一首被称之为美国民歌的"回故乡"，其实是德沃夏克的曲子《新世界》。

"了不起的捷克人！"唐凌在沉静当中说了一句。

这个时候，吴小楠正坐在沙发扶手上削苹果皮，她抬起头来瞅着唐凌，问他说什么。

"其实，你已经听清了。"唐凌说。

吴小楠说："你应该说'了不起的唐冰默'。"

……就在这时，电话铃声响起。

冰默跑过去接了电话，然后，大声对唐凌说："爸，一个女的找你。"

唐凌瞅了吴小楠一眼，慢慢走过去接电话。

"我是唐凌，你是谁？"唐凌有些懒散地问。

"唐凌，我是易丹。"电话里的声音似乎十分遥远。

听到是易丹打来的电话，唐凌的心咯噔了一下，他立刻变得紧张起来。

"有……事吗？"唐凌问。

"唐凌，晓凯在不在你那儿？……他大概去找你了。"

"他来找我？……我现在还没见到他……"

唐凌当时的境况是尴尬的，他支支吾吾着。晓凯是他的"儿子"，想一想，在妻子和女儿面前接另一个女人的电话，并且，他的另一个"儿子"已经来找他，他能不紧张和尴尬吗？

"是这样……见到他我一定会告诉你的。"

唐凌尽快结束了通话。放下电话，他的手心有些潮湿。

冰默在一旁说："爸爸，我看你的脸红了。"

"别胡说！"

吴小楠也瞅了唐凌一眼，似乎不太经意地问："谁呀？"

"一个同学。"唐凌轻描淡写地回答。

从接到易丹的电话开始，唐凌的心绪就纷繁起来。他坐在沙发上，两只眼睛盯着电视，心里却有大片大片的往事涌来，往事如宽阔的海滩上前呼后涌的潮水，那样的节奏容不得唐凌从容地思考并理出头绪。

易丹是唐凌的小学同学，读大学的时候，他们两个人在同一座城市，他们就读的学校也离得很近。当时，唐凌在国家教委所属的一所综合性大学里读书，而易丹在林业部直属的东北林业大学读书，他们两个人所在的学校距离不到两站地，如果从浓郁的树林里穿过去，距离就更近了。当然，距离并不是主要问题。

对于他们那一代人来说，爱情来得比较晚，也很不容易。尽管唐凌给易丹买的风铃在她宿舍的窗前叮叮当当地响了很久，唐凌还是没有得到易丹的明确回应。在大学四年的最后一个寒假里，唐凌终于迎来了激情喷发的时刻。他们沉淀和生长已久的爱情如火如荼地燃烧起来，势不可挡……

对于唐凌来说，他和易丹之间的故事既是一首纯净如水的初恋的诗，也是令他"满川风雨看潮生"般黯然神伤的记忆。

大学生活的最后一个学期，他和易丹开始参加毕业实习，就在那个期间，他们之间突然出现了问题，他们的爱情也改变了方向……

大学毕业后，唐凌分配到了濡湿而明丽的海滨城市星城，他从易丹留给他的创痛中艰难地跋涉着，渐渐地，时间掩埋着记忆，也抚慰着伤口。唐凌也有了令自己可以接受的生存空间，同时，他也很少能得到易丹的消息。

唐凌和吴小楠结识之后，忙于工作、找房子、结婚、生孩子。按当时的话讲叫"爬坡的时候"，直到女儿冰默上了幼儿园之后，他才从同学那里打探到易丹的一些支离破碎的消息……易丹毕业的时候留校了，她在大学里工作不到两年，就回到了小兴安岭林区，并且，几年后，又阴差阳错地辗转到她的家乡，一个深山里的林场。命运就是这么难以琢磨。当然，对于唐凌来说，易丹留给他的疑问还远远不止这些。

前年，易丹突然给唐凌来信，信上说她的儿子没有父亲，她一直告诉他父亲在很远的一个海边的城市里工作。这两年，晓凯大了一些，他天天都问爸爸，她实在没有勇气伤害孩子纯洁的心灵，而她又实在没有别人可找，只好请求唐凌来假扮晓凯的父亲。

唐凌的任务只是与晓凯通信。就这样，唐凌开始和晓凯陆陆续续地通信。本来，一开始唐凌把他和晓凯通信是当着"任务"来对待的。不想，在通信过程中，唐凌被晓凯单纯而善良的心灵深深打动了。他自己也不知不觉地进入了角色，觉得自己是爸爸了，并真的以爸爸的心态来关怀晓凯了……

唐凌一直在电视机前坐着，他在看电视里的内容时，电视里的内容是断断续续的，缺乏衔接和连贯，而不衔接和连贯的那一部分，是因为唐凌的大脑里挤满了易丹和晓凯的影子。由于当时的心情，他无论如何也不能形成一个关于易丹或者晓凯的完整的往事记忆。或者这样说，记忆在这个时候已经不重要了，而易丹提出的问题才是关键，那个关键的问题就是：晓凯已经来找他了。

唐凌对晓凯来找他这件事进行了多种角度的猜测和推断。比如，晓凯为什么来找他，他想，晓凯大概是想见到活生生的他，证实他这个"爸爸"的真实性。再有就是，晓凯遇到了难题，而那个难题是他自己解决不了的。而最有可能的是，晓凯不可能总面对一个"影子爸爸"，他需要爸爸真实的关爱……其实，唐凌早就预料到会有这么一天的，只是，这一天来得太快太突然了，他几乎没有任何迎接它的准备。这样一想，唐凌还有些后悔，他不该那么快地放下易丹的电话的，从易丹那里，他应该获得更多的信息。起码，对他下一步找晓凯也是有帮助的。

　　接下来的问题就是晓凯到什么地方去找他。这个城市对晓凯来说一定是陌生的，晓凯甚至还不知道他所在的单位，不知道他的联系电话，不知道他的家庭住址。晓凯大概不会像城市里的孩子那样知道查电话局的114，即便查到了114，这座城市里叫唐凌（或者灵、玲、陵、羚……）的不知有多少。他留给晓凯的唯一线索是他在世纪街邮局租用的信箱。那个——星城市临海区世纪街邮局46号信箱，是他为了和晓凯通信而专门租用的，如果晓凯来这座城市了，晓凯只能到那个地方找他。

　　唐凌点上一颗烟，深深地吸了一口，烟雾就在他的眼前缭绕起来。现在，关键是"晓凯来找他"所引起的一系列后果。第一，找不到晓凯怎么办？晓凯失踪这个责任谁来承担？第二，找到晓凯怎么办？他向不向晓凯讲明事实真相，讲了事实真相之后，他如何向晓凯解释？第三，找到晓凯以后，是送他回去，还是把易丹叫来，如果叫易丹来，他将如何面对易丹？还有，由于晓凯的到来，他稳定的生活秩序必然会受到冲击，而且，谁会知道呢，又将在他的家庭以及单位里产生什么样的影响？

　　——这些都令唐凌头痛。当然，当务之急是立刻找到晓凯！

　　那一夜，唐凌几乎没怎么睡，即便在半夜时他回到了卧室，并躺在了床上，可他的脑子里仍然闪现着易丹和晓凯的影子，塞满了各种各样的问题……

　　第二天一大早，唐凌就匆匆忙忙出门了。

　　吴小楠送冰默去学校，送过了冰默，她又回到家里。

　　昨天夜里，吴小楠也没休息好，她的脑子里也生出了各种各样的疑惑。唐凌的变化她看在眼里，尽管她努力让自己豁朗一些，可还是感到她的面前荆棘丛生，杂乱无章。唐凌变化得太突然了，就像一个荡在空中的影子，飘忽不定，吴小楠的心也跟着飘忽不定……

回到家里，吴小楠就给夏乃红挂了一个电话。夏乃红是她大学的同学，也是关系最亲密的朋友，她和夏乃红之间有一种超常的信任，几乎可以说是无话不谈。也许现代人，特别是知识女性具有太多的精神难题，她们之间需要倾诉和倾听。所以，她们常常在有了困惑的时候就找对方，在对方那里寻找支持和信心，寻找看法或行为的理由和根据。过去，吴小楠在夏乃红面前充当听众，充当开导点化她的"牧师"，或充当给她心理辅导的心理医生角色，在很长的一段时间里，她们之间的格局都是这样的。后来，情况慢慢地发生了变化，吴小楠并不知道是什么时候开始这种变化的，事实上，吴小楠一样需要对夏乃红倾诉并在她那里获得支持。这样是公平的，就像心理医生和"牧师"同样需要心理治疗和引导一样。

吴小楠几乎没加考虑就给夏乃红打了电话，她说她觉得唐凌遇到了问题，昨天晚上，他接到一个女人的电话之后，表现极其失常。

"所以说，我想这个问题不仅仅是针对唐凌来的，恐怕面临着问题的人应该是我……"

夏乃红在电话的另一端大笑起来，笑够了，说："你也许应该看一看心理咨询手册。"

"你又没正经儿了。"吴小楠说。

"多疑症得靠心理治疗！"

"我没有多疑病。"

"那就怪了，你并不知道电话是谁打的，说了什么？"

"我的感觉一向是准确的。"

"得了小楠，别想那么多了。"

吴小楠似乎不理会夏乃红的安慰，她说："这样说来，你不想见我了？"

"实在对不起，"夏乃红说，"我今天有一件重要的事情做，回头我给你打电话……不过，你别太当回事了，就像你对我说过的话，也许本来就不是那么回事儿。"

　　放下电话，吴小楠觉得莫名其妙，夏乃红的一番话反而把她说糊涂了，她仔细想了想，还是觉得糊涂。吴小楠觉得她给夏乃红打了一个毫无意义的电话，她的问题一点也没解决。

第二章

　　夏乃红不可能不紧张，她的一切都在这个陌生的男人的掌握之中，她觉得自己被剥得赤裸裸的，在白炽的灯光下接受展览……

　　吴小楠给夏乃红打电话时，夏乃红还在被窝里，电话铃声响起的时候，她已经醒了。昨天夜里，她看书看得挺晚。她看的是被称为社会等级最后出路的《格调》，作者是美国的保罗·福塞尔。按照书中的界定含义划分，她对比着身边熟悉的人，时不时，夏乃红就笑了起来。

　　比如，你的穿戴，饮食习惯，看什么样的书和电视节目等，同你的社会等级是密切相关的。带着这种对比模式，夏乃红想起了郭海洲。郭海洲是一个大学的系主任，她的情人。怎么对照她都觉得郭海洲是个下层社会的人，下层社会人的定义中：居家摆设中有"稀奇古怪的热带鱼"，喜欢喝易拉罐装的啤酒，在汽车的窗玻璃上挂着鼓鼓囊囊的玩具骰子和娃娃鞋……这些，都合乎郭海洲的品味。有意思的是，在郭海洲自己以及外人看来，拥有相当社会地位和一定经济基础的博士教授，怎么说也不该划到"下层社会"……

　　由于昨天睡得晚，夏乃红不得不靠"叫醒"来保证起床的时间。临睡前，她把手机中的"时钟设定"调到上午 9 点，对于她来说，上午 9 点起床已经很了不起了。

　　吴小楠打来电话的时候大概 9 点半左右，夏乃红是在床上接的电话。吴小楠的声音传了过来，刚刚醒来的夏乃红似乎觉得吴小楠的声音来自另一个世界，她的心里突然增加了恐惧感。

　　吴小楠的表现是急切了点，她属于慢性子，习惯了慢性子之后，如果慢性子的人一旦焦急起来，就显得不正常了。在很短的时间内，吴小楠就把她的疑惑噼里啪啦地讲了出来，令夏乃红都觉得有些不自然。吴小楠讲完了，夏乃红也听明白了。只是，她的障碍来自吴小楠的声音，吴小楠的声音里拌进了恐惧的调料，这让夏乃红听起来极不舒服。

夏乃红就含糊其词，比较空洞地对吴小楠说了些原则性的话，那些话的含义是否准确，她自己也不知道。

现在，夏乃红愿不愿意都得起床，按照昨天的计划，她要赶在中午前把那件事办好。

一个小时之后，夏乃红已经出现在商业区流动的人群之中了。

在夏乃红看来，沿海城市的风貌由于久居期间已经淡漠了。高楼大厦飘浮在透明的热浪里，排成香肠似的汽车、摩肩接踵的行人，空气中弥漫着汽车尾气散发出来的和柏油路被太阳熏烤的混合气味……这些，都与濒临海边无关。而对于靠近海洋的城市来说，夏乃红的生活经验或者说自我记忆中的体会是，在一个傍晚，在夕阳也消退的时候，天空不够湛蓝的时候，有徐徐的晚风拂面，那时候，清清亮亮的沿海城市的感觉就强烈起来。街道洁净、梧桐树和草坪透绿，目光可以看出很远。重要的是这时还可以闻到淡淡的海腥味，那时，可以调动潜藏于你身体的某一处记忆，那记忆可能属于过去的某一年，比如，与你童年的一次进餐有关。袅袅的水蒸气中散发出炖杂鱼的味道……不过，夏乃红所寻找的不仅仅是晚风所给予她的那些，那些是社会的，不是她内心的，而内心，她似乎对朦朦胧胧的雨天更有感触。

这些年，日子一天一天不自觉中快速溜走了，青春时的好多激情和愿望也渐渐淡了。不管怎样，潜藏着绿意的雨天总还是让她在持久的期待中产生一种激烈的内心冲动，她搞不清是什么，总是模糊不清的，但她知道她无法回避那种召唤，有很多次，她试着问自己，自己曾在经历中的雨天里丢失过什么吗？

从那条仿欧式步行街走出来，夏乃红才感觉到细雾般的雨已经将她的上衣润湿了，那雨像她小时候读小说时记住的一个词"牛毛细雨"一样。就是"牛毛细雨"使得她丝绸质地的衬衣紧紧贴在双肩上。

夏乃红对自己的双肩有信心，她一向不靠外表修饰而靠信心维持仪容的，她觉得比起她同龄或者比她小的女人，她总是高过她们一头的。她知道想象远比化学物质及华丽的服饰更能滋润一个女人。

"我猜你是要送给情人！"刚才在花店里，那个脸色白皙、有淡淡雀斑的小姑娘眼神儿神秘地说。

夏乃红点了点头，她算得上是个久经场面的人，而且，也不总是表现虚荣的，今天她却有些自豪地点了点头。用那种她自己都没有察觉的大大方方的神情，算是暗合了某种神秘的呼唤或者雨天里涌动着的某种情绪。也许，她突然想在这一时刻使自己的表现高贵起来，并且，在这里，她的角色仅仅是一个没人认识的卖花的人。"亏得自己是电台的主持人而不是电视台的，不然，公众形象必定会给自己带来没有必要的麻烦。"

顺着这种良好的情绪，夏乃红开始自己动手插花，她似乎觉得自己的手格外灵活，几乎协调得有些艺术感了。

"你是内行啊！"花店的小姑娘在一旁赞叹着。

"算不上。"夏乃红对小姑娘笑了一下。

"我给你打八折，我对内行是特别优惠的。"收钱的时候小姑娘说。

……

在步行街上，夏乃红手捧着鲜花款款而行，她可以想象自己是整个风景的组成部分，那种行走的感觉像在灯光交聚的舞台上，你可以看不清观众，你只管按你的想法去展示……

走出步行街就是吵吵闹闹的车站，匆匆忙忙的人群把步行街里的气氛破坏了。

"小姐，坐车吧？"早已停靠在街边的计程车司机从车门里探出半个身子。夏乃红对司机称她小姐并不舒服，或许在步行街里就不同了，反正这里又有了绝对现实的感觉。况且，刚才买花，花掉了一笔不算小的数目，平素，她不会慷慨地为别人花钱的。

在决定给郭海洲买花之前，她也没有充分的计划，她只是想，在郭海洲生日那天，总该送一点什么礼物给他。说起来，在她与郭海洲之间，头一年，郭海洲总是单方面、不断地送礼物给她的，后来她们的关系就平淡了，像很多人经历的一样，虽继续保持着情人的关系，但却像普通朋友那样交往，并且，近两年，她开始买礼物送给他了。"这没有什么。"她这样对自己说。

走到车站，夏乃红突然生出了一个新鲜的念头，她决定坐小公共汽车。这样决定是因为，离他与郭海洲约定的时间还有相当的距离，坐小公共汽车来得及。另外，似乎更吸引她的一个原因是，她已经很多年没有坐公共汽车了。这样，夏乃红毫不犹豫地上了一个等客的小公共汽车。

上车之后，夏乃红看了看她手里的鲜花，觉得自己的装束在这个环境当中显得有些滑稽。

"吃老玉米吗，还热乎呐！"车窗口横来一个风吹日晒较多的面孔。夏乃红定睛一看，是一个系着塑料布的卖玉米的妇女。

"买一个吧？"卖玉米的女人目光里流露出期望。

夏乃红想了想，果然有了买玉米并把它在公共场合吃掉的想法，夏乃红甚至觉得这个想法挺符和实际的，符和公共汽车上杂乱的环境，同时，也契合了她深藏在内心奔放的、藐视秩序的个性。

与小公共汽车一同等客是需要耐力的，那个汽车必须等座位上坐满了人，才能开车，这一点是夏乃红所没有预料的。等人期间，夏乃红就买了煮玉米，并津津有味地吃了起来。

这时，一位穿牛仔装的男人坐到她身边的空位子上。夏乃红立刻就显得不自然了，本来，她有在她视线内出现男人的时候掩饰自己缺陷的习惯，即便在平时，她也有这样的习惯，何况，她在一个空气并不好的公共场合不雅观地吃着玉米，她想象到，她的吃相与她的身份一定有明显的反差。

好在很快，夏乃红已经恢复了自信。她觉得自己应该对这个环境，以及这个环境中的人不屑一顾才是，这样一想，自己就轻松起来。

小公共汽车上的座位基本满了，在乘客一声高过一声的催促下，汽车终于开动了。夏乃红继续吃她手中的玉米。

这时，荒谬的事出现了。她身边的男人用低沉且充满磁性的声音说："可以，给我吃一点吗？"

夏乃红当时一定惊讶得张大了嘴巴。

"我相信这个苞米会非常好吃。"男人说。

夏乃红听得出来，那个男人说的不是当地的口音，也不是标准的普通话，有点像台湾人讲的"国语"，并夹杂着粤语普通话的味道。由于职业上的原因，夏乃红对语言极其敏感。

"希望你不介意。"那男人补充说。

这时，夏乃红才正面观察到身边的男人，男人的鼻子挺拔，眉骨高隆；他面色清白，胡茬儿泛青，有一股英俊之气。夏乃红有些迟疑，在她的生活经历之中，她还是第一次遇到这种情况。夏乃红迟疑了一下，极不自然地把手里的玉米递给了身边的男人。在递玉米的过程中，她几乎丧失了思维。

那男人并不客气，接过玉米就啃上了。他一边啃一边说："太好了，这玉米的味道真纯正，我相信这个玉米没上化肥。"

夏乃红还是一时转不过弯来，她傻愣愣地瞅着吃玉米的男人。

男人把夏乃红剩下的半个玉米吃完，四下看了看，又对夏乃红摊开了手，示意夏乃红给他擦手的东西。夏乃红连忙把皮包打开，拿出一盒纸巾，递给了身边的男人。夏乃红的整个动作是紧凑而连贯的，她好像被什么力量神差鬼使地驱动着。

"谢谢。"那男人说。

夏乃红说了不用谢，只是，她的声音小得连自己都听不清。

接下来，他们之间有了短暂的平静，夏乃红仍觉得刚刚发生的事过于离谱了。她试图再次观察身边的男人，她发现那男人也正观察她，她连忙把目光收拢回来。

还是那个男人打破了他们之间的尴尬局面。他像老熟人那样对夏乃红说："我对你的印象很好。"

夏乃红矜持地笑了一下，态度十分含混。

"好，让我来猜一猜。"

夏乃红转过脸来，那男人的脸离她的脸很近，他口腔中爽口胶的气息扑面而来。还有，那个男人大概在脖子或者腋下喷了香水。夏乃红对香水有一种专业的鉴别力，她知道那是一种上好的"古龙"香水。这样看来，那男人也不是这个小公共汽车上经常出现的社会阶层，那么他是什么人呢？也许像自己一样，来寻找一种体验？

那男人说："我觉得你是 AB 型血，并且，应该是十二月出生的，属于射手座……"

夏乃红惊讶地瞪大了眼睛。她的血型的确是 AB 型，出生日期是十二月五日。

男人解释说："这并不难，从你的个性上就可以判断出来。再让我们猜一猜，你是独身，唔，独身有五年了吧？让我想一想，应该是五年。今天，你要赴朋友的一个约会，你的朋友是一位男性，他应该是你的情人，今天是你们相识的纪念日，或者是他的生日。怎么样？当然，我不需要你的暗示来配合。……我想，你的情人的体形应该是偏胖的，但五官不错，他还应该戴眼镜……他应该是个知识分子，在大学里教书或者搞研究，专业吗，应该是社会学……"

夏乃红傻了，身边的男人像全知全觉的神一样，说得她心惊肉跳，她开始恐惧了。"你怎么猜到的？"

"我会看相，应该是大师水准的吧。今天碰到你说明我们有缘分，也说明你是幸运的。作为对你半棒玉米的回报，我还要告诉你一些关于你的秘密。"

"你，真的是……看相的？"

"我不是职业看相的，那些职业的相面师大都是江湖骗子，而我不是，我是从国外回来的心理学博士。"

"是吗？"夏乃红已经彻底没有了判断力。

"好了，现在我们来猜一猜你的职业，你应该在传媒部门工作，是主持人或者制作人。对不对？"

夏乃红木然地点了点头。

"你最喜欢吃的东西是螃蟹，最喜欢的颜色是黄色，最喜欢听的曲子是海顿的 D 小调第二十钢琴奏鸣曲……你最讨厌的动物是猫！"

"我的天啊，你是谁？"夏乃红两手托住了自己的脸。她的声音很大，即使在嘈杂的环境里，车上的多数人也是可以听到的。

"别紧张，"那男人说："这是我的名片，我肯定不是精神病院里逃出来的人。"

夏乃红不可能不紧张，她的一切都在这个陌生的男人的掌握之中，她觉得自己被剥得赤裸裸的，在白炽的灯光下接受展览。

以前，夏乃红在主持"情感热线"节目时，她受到过崇拜者的骚扰，崇拜者的电话跟踪着她，为此她换了几次电话号码。然而，在那个时候，她还有自己的秘密和储存秘密的空间，面对骚扰者她还可以躲藏，而眼前的男人并不同于那些午夜打电话的骚扰者，他微笑着，语气平和，却在微笑与平和的态度中，把她剥得无处躲藏……

说起来，夏乃红在日常生活中和处事上，她基本上保持着低调，并不像一些影视明星那样乐于展览自己，她没有把自己的形象以及个人资料公开在报刊杂志上，也没有多少人知道她的私人情况。即便是熟悉她的朋友，对她也不会了解得这么深入的……

那男人递给夏乃红的名片十分奇特，上面还印着照片。名片上写的是：美国 M 公司中国办事处首席代表——安浩。下面有北京、上海、广州的办事机构地址和本市的办事处地址，地址是国际酒店616 房间。

"有一点需要向你说明，在你认识的范围之外，这个世界还有你不了解的东西，比如我的观察判断能力。你以前没见过，但是，不等于说不存在。"

夏乃红的目光一派茫然。

"我是属于那种一见钟情的人，我看到你就动心了……请不要误解我，我现在只是说我自己，并没有对你提出任何要求。从我的观察来看，你和我同属于一种类型。你比较浪漫，经常幻想能与一个特别的男人奇遇，并在你们之间发生浪漫的爱情故事……"说的时候，他附在夏乃红的耳边小声说道："你床上功夫一定很好，大概喜欢大声喊叫，叫'我的天啊。'"

夏乃红站了起来，大叫一声："你到底是谁？"她觉得她的精神就要崩溃了。

汽车司机听到了喊声，他连忙把车停下了。大家都把目光聚拢过来，谁也不知道发生了什么事，也都想知道发生了什么事。

"没什么！"男人站了起来，他对众多询问的目光做了一个安抚的手势。

夏乃红也站了起来，十分有力地从那男人的膝盖前挤出了座位。

接着，夏乃红像疯了一样，拨开阻挡在她前面的人，来到车门前，用力捣了几下门，大声喊："开开门！"

司机刚把门打开，夏乃红就跳了下去，下了车就快步向人群中奔去。在向人群中奔走的时候，夏乃红头都不敢回，她担心那个男人会尾随她而来。

进入人群之后，夏乃红才觉得安全了一些，她回过头来一看，小公共汽车已经没有了，消失在河流般的车辆当中。她也没有看神秘的男人的身影，那个男人大概没下车。

这样，夏乃红就停了下来，她蹲在一个海豚造型的蓝色垃圾筒前，她想呕吐，也想大哭一场。

这时，夏乃红显然不能去赴郭海洲的约会了，她急于想找到吴小楠。他给吴小楠家打电话没有人接，打手机，吴小楠的手机关机。这个时间去找吴小楠也不现实，并且，下午 3 点她还要去主持节目。

夏乃红在街头游逛着，看看天空，天空晴朗而透明。看看街道上穿梭的车辆和道两旁的行人，她又想，是不是自己过于神经质了，难道自己产生幻觉了吗？以前，夏乃红所在的广播电台里曾发生过疯人的事，当然，夏乃红没见过那个据说天生丽质的女人，她们的职业相同，只是那时候没有主持人，据说那女人是一个不错的播音员。"文化大革命"后期，她突然间疯了，主要症状是幻听幻视。难道自己的神经系统也出现了问题？

对于她刚刚遇到的男人，夏乃红只能从两个方面来解释：一是她自己出了问题，那个男人本来就是不存在的，由于精神障碍她产生了幻觉；再一个就是，那男人是存在的，如那男人所说，这个世界上的确有她没有认识到的东西存在着……想到这儿，夏乃红下意识地摸了摸自己的口袋，她想找那个怪异的男人给她的名片，遗憾的是，那张名片在她匆忙下车的时候遗落了，不知去向。

夏乃红认真地回忆着，她记得那人叫"安浩"，在国际酒店的 616 房间办公，好像是 M 公司。夏乃红站在路边给国际酒店打了一个电话，打电话的时候，她的心又紧张不安地跳动起来。

电话接通了，是一个嗲声嗲气的声音。"您好，M 公司，请问有什么需要服务？”

　　“我……请问，贵公司有叫‘安浩’的人吗？”

　　“他是我们老板。”

　　“他在吗？”

　　“他现在不在。请问用不用留下您的电话，以便安总回来后跟您联络？”

　　“不用了。”

　　放下电话，夏乃红觉得自己两腿发软，浑身无力……

第三章

　　吴小楠的腿上烫起了一些水泡，以至于今天皮肤上还留着模糊的疤痕。"爱情的代价。"吴小楠这样戏称。

　　吴小楠给夏乃红打过电话，仍发呆地坐在沙发上。在沙发上，她想起夏乃红在电话里说的话，觉得自己真该找心理咨询方面的书看看，尽管在吴小楠看来，这样做是没有信心的表现，可她一时还没有比这更好的办法。

　　那本叫《情爱指南》的书放在书柜的顶端，是女儿冰默取不到的地方。那本书还横放着，唐凌也注意不到，看不到。那本书属于她自己。

　　以前，吴小楠不只一遍看过这本书，她对里面的内容十分熟悉了，可到了真该用的时候，她又觉得自己拿不准了。所以，她又搬来凳子，把束之高阁已久的书拿了下来。

　　拿到书之后，吴小楠觉得夏乃红挺有意思的，本来，"你该找一本心理咨询类的书看看的。"这话是她对夏乃红说过的，今天，夏乃红又还给了她。

　　翻开《情爱指南》中"外遇的征兆"那一章，吴小楠越看心跳的节奏越快。……D．电话接通以后，他（她）不讲话就挂断；E．你的另一半突然与你抢接电话或者在交谈中声音低、语言简略、匆匆挂断电话；……J．行踪可疑，回家晚，电话联系不上；H．交谈变得反常，经常沉默；I．对你缺少关心，在梦呓中含混地喊别人的名字；……K．可疑的物品，在他的身上发现了酒店的优惠卡，衣服上发现长头发等；L．性生活减少，有的时候甚至相反，他（她）变换着一些新的做爱技巧，花招迭出……吴小楠在那些条款的下面划了水波线条，标出了重点。

总结一下，在二十八条外遇的特征中，大部分都可以和唐凌的行为对应上，吴小楠的头缺氧一般，开始迷糊，额头上冒出了冷汗。她的眼前，往事潮水一般，一波一叠……

说起来，她与唐凌的结合也挺不容易的，两个人都是在"大龄阶段"才开始异性间的交往，因此，他们的爱情少了点年轻人那种火热的激情，却都表现出清醒和理智，该约会就约会，该结婚就结婚，脑袋一点也不发昏。如果说在那一过程中使用了技巧的话，那应该是吴小楠而不是唐凌。

比较唐凌而言，吴小楠算得上是有心计的人，那个时候的唐凌还没有现在这么"规矩"，像一匹放任的野马一样，毫无生活目标地奔跑着。吴小楠还清晰地记得，她第一次见到唐凌时，对唐凌迷惘的目光印象很深，那忧伤失意而茫然的目光令她怦然心动。不过，那个时候，她对眼前瘦高的，略显单薄的大男孩并没有具体的打算，她隐约地觉得，唐凌是一个缺乏责任心的男人。

那时的唐凌吸烟很重，他的身上有浓重的糊焦的烟草味儿，吸烟的时候，烟灰随意挥洒。衣服上还有不少烟灰烧出的小洞。再有，唐凌那时的口头语是"操~"，"算个几呀？"一点也不像受过高等教育的人，反倒像一个浪荡的公子哥儿。

那时，吴小楠在财经大学的科研所工作，科研所的资料员冯姨的丈夫和唐凌在一个单位。大概唐凌有老女人的人缘，冯姨常在吴小楠面前说唐凌如何好。其实，当时吴小楠并不喜欢冯姨，她觉得冯姨已经缺少品味，整天絮絮叨叨的，诸如哪个市场的菜便宜了，研究所里谁家夫妻吵架了，谁生个女孩子难过了，学校大门口今天又出车祸了，以及对现在学生的恋爱方式进行道德批判等等。

冯姨是六十年代的大学生，她在那个年代，就已经把自己世俗化了。

不过冯姨对吴小楠还是挺好的，她热心地介绍吴小楠和唐凌认识。一开始，吴小楠并不感兴趣，在冯姨的多次鼓动下，她才答应去见一见。同时，吴小楠也提出了条件，她要求，她和唐凌见面不能以介绍对象的方式进行，而是"非常巧合和无意"地遇到了一起。冯姨心领神会。

为了实现吴小楠提出的效果，冯姨做了精心的安排，在一个有小雨的星期六的晚上，冯姨把吴小楠请到家里，参加她和丈夫老赵二十年结婚纪念日的聚会。参加聚会的外人只请了两个人，冯姨请了吴小楠，她丈夫老赵请了唐凌。

说实话，第一次见面，唐凌并没给吴小楠留下好印象。唐凌总是一幅漫不经心，甚至玩世不恭的样子。

刚一见面，冯姨介绍吴小楠说："我们研究所的高才生——小吴。"赵处长则介绍唐凌说"我们处的小唐"。

唐凌瞅了瞅冯姨和赵处长，大概觉得他们的介绍不够清楚。就大声说："唐凌！"

唐凌说话的样子显得十分傲慢，有点像名人或大人物使用的语气。同时，唐凌不够注意小节，他在说"唐凌"的时候已经大大呼呼地把手伸了过来，搞得吴小楠有些被动，她也伸出手来。那个时候，吴小楠对礼仪方面的细节是敏感的，并且，她还比较在意。

在唐凌的单位，老赵是他的领导，唐凌对领导似乎也不够尊敬，不管老赵叫处长，而是叫"老赵"，而管冯姨叫"大嫂"。

吴小楠觉得在一开始，她就比唐凌矮了"一辈"，心里也挺不服气的。

老赵大大咧咧的，他似乎不知道吴小楠和冯姨的约定，或者是即便知道，他也对女人那套小把戏不屑一顾，他对吴小楠说："怎么样？我们小唐不错吧！要不是老冯在耳边唠叨你好，我才不把我处里的'宝'亮出来呢。"

吴小楠为难地瞅了瞅冯姨，冯姨捅了捅老赵，笑着对大家说："老赵是北方人，乐于开玩笑……你们吃菜，这菜是我的拿手菜。"

老赵说："我这人直性，有什么就说什么，再说了。小唐和小吴也不是小孩子……"

"饭也堵不住你的嘴巴！人家吴小楠和小唐是来祝贺咱们结婚二十年纪念日的，你跟人家说这些，人家连心理准备都没有。"

老赵不说话了，他瞅了瞅唐凌，唐凌对谈话的内容表现出极大的忽视，他甚至没有正眼瞅吴小楠一下，这让吴小楠更加不痛快。

老赵陪着唐凌喝酒，几杯酒下肚，他的情绪来了，就更不注意了，说话的嗓门也大了，笑的声音也嗡嗡的。老赵对唐凌说，你主动跟小吴说说话，你大嫂一片苦心，你可别辜负了。说着说着，他自己忍不住笑了起来："你说这女人多能琢磨，硬是编出个结婚纪念日来……"

老赵的话虽然是对唐凌说的，在座的人都听得清清楚楚。

吴小楠和冯姨当然十分尴尬，冯姨无可奈何地对吴小楠苦笑一下。当时，吴小楠下了这样的决心：找丈夫决不找老赵那样的丈夫，再看看唐凌的样子，觉得他们两个人恐怕是一路货色。

晚宴结束以后，老赵和冯姨都鼓动唐凌送吴小楠。吴小楠本不想让唐凌送，可看看唐凌，唐凌也没有送她的意思。这样，吴小楠就改变了主意，她决定让唐凌送，并且，送也白送，她不会领唐凌的人情。

唐凌送吴小楠并不十分情愿。出了门，他对吴小楠说，我觉得赵处长的爱人婆婆妈妈的，她自己没有孩子，把别人当自己的孩子那样热情，可有的时候，热情得让人难以接受。

吴小楠觉得唐凌的话太刻薄了，就顶着唐凌说："看来对你这样的人不能太好，不然，你会把人家的好心给卖了。"

"倒也不能这样讲，反正，我感觉不舒服。"

那时，雨已经小了，他们可以不撑伞走在清净的临着山的路边。这座城市有很多那样的地方，路的两旁修着水泥墙，那些墙的上面爬满了俗名叫爬山虎的藤类植物，夏天，那些植物的叶子老绿着，而到了秋天，就火红火红的一片。本来，那天给他们提供了一个充满诗意和浪漫情调的环境，然而，接触中的不愉快，已经破坏了他们的情绪。

他们默默地沿路边走了一站地，谁都不主动说话。走到公共汽车站点前，吴小楠停住了，本来，吴小楠以为她这样做，唐凌会说话的，不想，唐凌也停了下来，仍然没有讲话。

看来，他们都没有再走的意思，所以，就在那个站点等公共汽车了。

等车的时候，唐凌说话了，不过他不是对吴小楠讲话，而是显得烦躁地发牢骚。

"操，公共汽车的纪律真差！他们要归我管，瞧他们倒霉吧！"

吴小楠瞅了瞅他，失望感几乎笼罩在周身。

几年后，吴小楠和唐凌躺在床上，吴小楠回忆说，你第一次送我回宿舍的时候，你为什么不对我主动一些呢，白白错过了一些好机会。

唐凌笑了，他说，说真话，那个时候我觉得你和"你冯姨"一样讨厌。

"可我也觉得你和赵处长一样令人反感。"

这些都是后来的事。

第一次见面之后，吴小楠和唐凌似乎都没有看好对方，就不再提起了。这期间，又有一些人给吴小楠介绍对象，她也看了几个，谈了几个，结果都不太对她的心思。

第二年春天，唐凌到她们研究所查资料，在研究所的走廊里，遇到了吴小楠。唐凌像老朋友一样，对吴小楠挤了挤眼睛，做了一个滑稽的表情。此时，吴小楠觉得唐凌身上发生了很大的变化，他的头发剪短了，不像第一次见他时，他的头发那么蓬松和凌乱。唐凌的精神状态也发生了变化，变得似乎有朝气了。

吴小楠邀请唐凌到她的办公室坐一会儿，唐凌也没推辞。在吴小楠的办公室里，唐凌讲老赵得了肝硬化，他准备陪老赵去北京看病，还说他现在感觉赵大嫂挺好的，对老赵的照顾很周到。那天，唐凌讲了不少话，那些话全是关于老赵和冯姨的，一点也没有涉及他自己，也没涉及吴小楠。尽管吴小楠认为唐凌同她的谈话与当时的环境有点脱节，甚至有些不着边际，可吴小楠还是觉得唐凌留给了她深刻的印象。

就这样，一方面是出于对冯姨的关心，一方面是通过冯姨可以进一步接触到唐凌，吴小楠和冯姨的关系，由原来的平平淡淡，突然开始升温。吴小楠经常出现在冯姨家里，来来往往的。自然，见到唐凌的机会也多了起来。

令吴小楠苦恼的是，唐凌似乎对她并没有更进一步接触的想法。

有一天下大雨，吴小楠替冯姨看家，本来，冯姨要回家取她煲的汤，送给住院的老赵。由于大雨的阻隔，冯姨没有回来。吴小楠一直记得那个大雨之夜，晚上 7 点多钟，唐凌来敲房门。吴小楠打开房门一看，唐凌两眼发直地站在门外，全身上下都让雨给浇透了。

"进来吧。"吴小楠像主人那样对唐凌说。

唐凌走了进来，他的身上还往下滴雨水，雨水滴在老赵家洁净的地板上。唐凌也注意到这一点，她显得有些拘束。

"你不是拿着伞吗，怎么还浇成这样！"吴小楠问。

"雨太大了。"唐凌只在门口站着，不肯往里走。

"进来吧，我过一会儿，收拾收拾就行了。"

唐凌还在门口站着，他急促地对吴小楠说，你把汤递给我，我这就给老赵送去。

吴小楠明白了，她回到厨房，把煲好的汤装到保温瓶里，递给站在门口的唐凌。她随便问了一句："是冯姨叫你来取的吗？"

"不是，不过我是替她来拿的。"

说完，唐凌又消失在滂沱大雨的夜色之中。

从某种意义上来说，唐凌在大雨中替冯姨取汤那件事彻底改变了吴小楠对唐凌的看法。人就是这么奇怪，当你对他的看法不好的时候，怎么看他怎么不好，总是缺点大于优点；而你一旦发现他好的时候，怎么看他怎么好，优点大于缺点。也许，看法是具有很浓重的感情色彩的，感情色彩的渗入，必然夸大一部分内容，将那内容中的亮点放大。

改变了看法之后，唐凌在吴小楠的眼里渐渐高大起来，相伴随的思考也多了起来。那种情况像神秘的光合作用一样，她体内的荷尔蒙也活跃起来，她变得细腻和敏感起来，心理也变得脆弱，常常有流泪的愿望。

当时，吴小楠还有过这样的想象，她觉得唐凌像山间一条季节性的溪流一样，跳跃着、呼啸着从她的身边流过，也许在瞬间就会在她的身边消失。如果她抓住了机会就会顺溪流而下，到一泊宁静的湖泊安身，或者流入江河，再流到该去的地方。如果自己漫不经心，也可能就会让唐凌这个溪流擦肩而过，从人生的视野中消失……

在吴小楠痛苦那段日子里，唐凌还蒙在鼓里，他本来就不是一个细心的男人，加之他不用心，所以对吴小楠的微妙变化一无所知。唐凌还一如既往地到老赵家来，还可以遇上同样来老赵家帮忙的吴小楠。

自从有了大雨中送汤的经历之后，唐凌几乎把送汤的任务接了下来。这样，唐凌就可以在取汤的时候见到吴小楠了。那天，在唐凌差不多来取汤的时候，吴小楠在老赵家洗了一个澡。吴小楠刚洗完澡，唐凌象约定了一般，准时来敲门了。

"冯姨呀，就来！就来！"吴小楠大声说。

开门的吴小楠刚刚出浴，她只穿了一件睡衣。

唐凌和吴小楠两人都惊呆了。看到唐凌发直的眼睛，吴小楠满面羞红，她喃喃着说："我以为是冯姨……"

唐凌说我来取汤。

就在唐凌站在门口发愣的时候，吴小楠轻轻地拉了他一下，说："进来吧！"

唐凌径直走向厨房，唐凌进厨房时，吴小楠也尾随进来。

唐凌似乎觉得吴小楠那样的装束不适合盛汤，他就亲自动手，往保温瓶里盛汤。吴小楠一直站在唐凌身边，她与唐凌的距离很近，他们之间几乎可以感受到对方的呼吸。

唐凌魂不守舍，盛汤的时候，手都发抖。那个时候，唐凌大概还很少接触女人，即便接触了女人，也很难见到吴小楠这样少"包裹"的异性。他已经乱了方寸。

其实，吴小楠也很漂亮，只是她端庄的仪态和一本正经的谈话方式，很大程度地掩盖了她的漂亮。然而，刚刚出浴的吴小楠就不同了，她很好的身材显得充满活力，她的面庞由于羞涩而出现了青春的红润，加之她体内散发出的诱人的气息，唐凌彻底被迷惑了。

在盛汤的过程中，他们两人的目光曾有过短暂的接触，一瞬间接触又一瞬间避开。那时的吴小楠是极度敏感的，唐凌的哪怕是极其细小的变化也逃不过她的眼睛。就在这时，吴小楠情不自禁地伸出手来，轻轻地放在唐凌的胳膊上。

唐凌抖了一下身子，然后，眼睛盯着吴小楠，看了一会儿，他突然力大无比地把吴小楠抱住了。由于动作过大，唐凌把保温瓶碰倒了，里面的冬瓜汤洒了出来。

"它也激动了。"吴小楠幽默了一句。

吴小楠的话像安慰一个怕做了错事的孩子一样，果然起了作用，进一步鼓舞了唐凌，唐凌把吴小楠抱得更紧了。

　　从保温瓶里流出的刚出锅的热汤溅到吴小楠和唐凌身上，特别是吴小楠的腿上，她当时几乎感觉不到疼痛。后来，吴小楠的腿上烫起了一些水泡，以至于今天皮肤上还留着模糊的疤痕。"爱情的代价。"吴小楠这样戏称。

　　当时，吴小楠根本感受不到疼痛，她被唐凌吻得天旋地转。她只知道，唐凌不停地吻着她，手还在她的身上探索着。

　　后来，唐凌把她抱到了冯姨卧室里的床上，继续吻她抚摩她。由于吴小楠的衣着单薄而且松松垮垮的，给他们进一步亲密创造了条件。吴小楠还记得，唐凌抚摩抚摩着，就渐渐把他的手伸到她的下面。她的嘴正好被唐凌的嘴堵着，她呜呜着，用力推唐凌在她下面不老实的手。唐凌的手就停了下来。当唐凌的手停下来，她又把唐凌的手拉起来，放在自己的肩上。唐凌把手放在她的肩上，过一会儿，又渐渐地向下滑去，她再把唐凌的手拿上去……就那样，反复了四五次，她的大门解禁了，完全向唐凌敞开了……那一年，他们都二十七岁了，他们显得笨拙地完成了他们之间的第一次。

　　吴小楠还记得他们结束的时候，唐凌匆匆忙忙地穿上了衣服，他说："老赵还在医院等我。"

　　说完，他轻轻地在吴小楠的肩上拍了拍，就走了。

　　唐凌走后，吴小楠趴在床上哭了起来。在她的想象之中，那个男人应该是高大粗壮的，有浓重的胡须，他跪在她的面前，反复向她求婚，当她答应他时，他应该激动得热泪盈眶。他们的新婚之夜应该有迷幻的灯光，飘逸的白纱窗帘，槐花的淡淡香气以及似远似近的曼陀铃的曲子……是不是每一个女人都做过同样的梦，吴小楠不知道，反正从青春期开始，她就不断完善那个梦想，只是，现实生活中，她的美梦未能成真。

　　第二天，吴小楠守在电话机旁，她盼望唐凌来电话。一上午，也没有找她的电话，她开始紧张了，想起初始见到的唐凌，那个漫不经心的唐凌，吴小楠的心里出现了空洞，时间越长那个空洞越大。

就在这时，唐凌出现在吴小楠办公室的门口儿，看到唐凌，吴小楠的鼻子发酸，她直想哭。唐凌走到她跟前，小声对他说："我们结婚吧。"

听了这话，吴小楠努力平静着自己，慢慢地说："我还要考虑。"

在后来的日子里，他们谈起他们的第一次，唐凌说："我当时的状态并不好，说实在话，不管是谁，只要和我上了床我就会娶她的，我绝对是有责任感的男人。"

吴小楠失望地说："早知这样，我当初真不该答应你的……"

有一次，唐凌对吴小楠说，人的身上都或多或少地残留着动物的特征，他说引起他内心震动的是非洲大草原上的公羚羊。随着季节的变化，母羚羊和年幼的羚羊迁徙走了，只有公羚羊在守望着家园。那个时候，它是孤独和苍凉的，它必须有顽强的生命意志，它在等待着另一个季节的来临，那个时候，母羚羊和幼年羚羊就会返回家园。而在这个旱季里，公羚羊面临着饥饿、干渴等问题，也面临着同样短缺食物的食肉动物的威胁……雨季来到了，羚羊群回来了，这个守护家园的公羚羊也许老了、病了，别的群体的公羚羊来抢占它的领地，或者新成长的公羚羊侵占它的家园……

"你觉得你是公羚羊吗？"

"我觉得我身上有它的影子。"

唐凌的确是有责任感的男人，尤其是他们结婚的头几年，可后来呢，后来唐凌当了处长，外出的机会多了，晚间的应酬也多了，唐凌在外面有一个吴小楠不了解的社交范围，那个范围还有扩大和蔓延的态势。这几年，社会环境也发生了较大的变化，不用说唐凌所处的环境，就是她们学校也发生了很大的变化。而唐凌也的确把很多疑点留给了她，她不能不困惑和忧虑。

往事一转眼就留在了记忆的底层，显得十分遥远和虚幻。那是他们婚姻之途的起点，像古道上挂着纺织物标志的驿站，已经被岁月的风沙所掩埋。现在翻起来，吴小楠觉得有如经年的陈酒，还是可以令自己身心俱醉的。

吴小楠想，那个时候，她已经显露了才华，她相信只要她用心去做，她是可以掌握唐凌的。这样一想，她又增强了信心。

有了信心的吴小楠决定在空余的时间里，去"百惠"女子健身俱乐部，她是那个健身俱乐部的会员。这两年，她十分注意身体健康和保持良好的体态和面容，不断发展变化的社会现实告诉她，她不能依赖男人看不见摸不着的修养和责任感，她必须保持自身的魅力优势。

那天上午，吴小楠做了一节课的健美操，又做了免费美容。临近中午她才到更衣室换衣服。换衣服的时候，她才发现：夏乃红已经给她打过好几个电话。

吴小楠心想，这个死乃红，不知她又有什么新点子了。

第四章

　　唐凌在单位等易丹的电话，房间里就剩下唐凌一个人。他感到焦躁不安，不断吸烟，不停地在房间里踱步。

第二天上午，唐凌第一个到了单位。那时，大楼的走廊里静悄悄的。

唐凌到了办公室，在自己的办公桌前坐了下来。他觉得自己的思维极度混乱，想不起来自己做些什么好。他拿起了电话，听到电话里的蜂音，又放下了，他不知道应该给谁打电话。放下电话之后，他又翻着报纸，那些报纸里夹了一些信，唐凌知道，不会有晓凯或者与晓凯有关的信，晓凯只知道世纪街邮局的地址。

这个时候，唐凌也不能去邮局，通常情况下，邮局在上午九点才开始营业。

所以，坐在转椅上的唐凌有些气恼，他觉得自己过于毛躁了，事先，他应该想到这些的，尽管他的心情焦急，可出来早了也没有用。随着年龄的增长，自己不但没有稳重，反而还毛手毛脚的，有点说不过去了。还有，早晨匆匆忙忙出门，吴小楠会不会有想法？如果自己从容一点，就不会有连带的问题产生了。

唐凌所在的办公室是套间，外面有四张办公桌，是 4 个同事用的，他在里间，里间有两个办公桌，他一张，副处长老杨一张。老杨比他大五岁，是个洒脱的人。人虽然长得干瘦干瘦的，精力却十分充沛。如果老杨遇到了同样的问题，比如也有一个远方的儿子来找他，老杨也许不会像他这样心事重重、顾虑重重的。

单从这一点来说，唐凌觉得老杨挺让他服气的。他却不然，这些年来，吴小楠用责任和爱不断地拉他，当他自己已经适应了那种倾斜于家庭的力的时候，他在外面遇到的、哪怕轻微的与家庭的力不协调的事，他都显得不自然或者说是不习惯了。从吴小楠的角度，也许正是她所希望的，而从易丹或者晓凯的角度，恐怕就是另外一回事儿了。想到这儿，唐凌这样总结：人的行为一旦真正产生了，这个行为在不同的人的视角里会有不同的看法和结论的。

唐凌和老杨在机关里的经历差不多，个性上的差异却很大，老杨基本属于"不知疲倦的玩家"，几乎每一天他都有酒局应酬，长期如此，他已经习惯了，或者产生了通常说的"瘾"，如果哪天没有应酬了，老杨也不愿意按时回家，他开始主动给别人打电话，组织喝酒的"局儿"，实在组织不起来，他就在办公室里张罗着，和大家一起玩扑克，赌饭局，谁输了谁请客。

或许是经历的场合多，老杨常给唐凌灌输一些"解放"的思想，讲一些社会中流传的笑话和俚语。

"男人分五等，"老杨说，"一等男人家外有家（老杨解释为：在外面有住房或者别墅，金屋藏娇）；二等男人家外有花（指固定的情人）；三等男人现用现抓（指到娱乐场所找小姐）；四等男人下班回家（讲到四等人的时候，老杨眼神怪异地瞅了瞅唐凌）；五等男人有事找妈（指花老人的退休工资）。"

唐凌问老杨他属于几等人。老杨直率地说："我怎么也算二等那个级别的。"

而老杨给唐凌的定位是：唐凌是四等男人的水平。

老杨还有一套"品"的说法，比如二十岁的男人是半成品，三十岁的男人是成品，四十岁的男人是真品，五十岁的男人是精品，六十岁的男人是极品等等。

对于女人，老杨却把她们比喻成"球"，比如，二十岁的女人是橄榄球，大家争着抢；三十岁的女人是篮球，拍一拍就投出去了；四十岁的女人是乒乓球，你推我挡的；五十岁的女人是棒球，球来了，一棒子打出去……

在唐凌眼里，老杨直率得有些无所顾忌，他不介意在正规场合公开这些，甚至还有炫耀的意思。唐凌和老杨坐对桌，说起来，老杨还是他的助手。可他还不知道老杨的生日，在老杨生日那天，竟有三四个年轻的女人来送鲜花。老杨笑着对唐凌说："我这里是鲜花盛开的地方。"

"行，"唐凌说："你也不怕出事？"

"关键是没什么事好出。"

在唐凌想来，老杨的妻子这样放任老杨在外面游逛，里面一定深藏玄机的。

你是怎么争取到这种自由的？以前，唐凌这样问过老杨。

老杨笑着说："斗争呗！"

"那你还是幸运的，遇到一个可以斗争的女人。有的时候，女人会这样让你选择，要么家庭，要么自由？"

"对立统一。重要的是斗争的方法。"

"什么样的方法？"

"符合中国国情的方法呗，'打到的媳妇揉到的面，'该打的时候打，该好的时候好，热热闹闹的，日子过得更长远。不像有的家庭，平时客客气气的，有了问题也不沟通，时间长了就坐下病了，有了毛病就是大毛病。"

唐凌当然不认为他的家庭有问题，他觉得吴小楠很豁朗，吴小楠从来没有对他无端地猜忌过。有的场合他还讲过他的经历，他觉得讲那个经历时，总是显得底气十足的，并流露出一些自豪感。

唐凌讲的是他自身的经历，吴小楠大概早不记得了。

那两件事发生的时间相隔很远，起码也有三年的时间，唐凌讲的时候，把它们放在一起讲，反复过几次，修补得就更匀称了，仿佛是接连发生的事一样。同时，听的人还会有这样的印象，唐凌不过是在众多的类似事件中举了一个例子而已，而事实上，唐凌能讲起的也就那两个故事。

一次，唐凌到乡下搞调研，县里的小国陪着他，住在小镇的招待所。到了晚上，小国就张罗着跳舞，那个时候，刚刚兴跳舞热，几乎开什么会都得组织舞会。尽管他们不是开会，由于唐凌是小国的上级，小国就殷勤地安排上了。

当时，小镇上还没有营业性的舞厅，小国就让招待所的服务员把三楼的小会议室打开了，那个会议室里挂了几个舞厅的灯，那些灯大都不亮，亮的两个也是比较简易的，就是普通的灯泡外面包了一层彩色的玻璃纸。音响也不是专业的，一个声音失真的卡式录音机放着舞曲。没有舞伴，小国就把两个小服务员找来了。即便是那样的条件，唐凌的兴致还是很高，跳得喜气洋洋，大汗淋漓。

唐凌在小镇住了两天，也跳了两天。

临走那天晚上，陪他跳舞那个小服务员对他说："我挺幸运的，能遇到城里的大领导。我想到城里去找一份工作，你能帮我吗？"

唐凌当时就愣住了，小服务员的话来得突然，来得缺乏铺垫和理由。那个时候，城乡的界限还泾渭分明，他不知道小服务员是怎么大胆地想象的，把她到城里找工作看得如此容易和简单。

后来，农村人大批涌向城市，从某种意义上讲，他们实现了那个巨大的跨越，这是不是与他们大胆而简捷的想象有关系？

但当时，唐凌的整个情绪受到了极大的破坏。

唐凌对小服务员说："我不是不想帮你，只是没有那样的能力。"

小服务员并不气馁，临分别的时候对他说："明天我串休，早晨就不送你了。我送你一个礼物吧！"

唐凌一听，吓了他一跳，他说你千万别这么干，那样会让我为难的。

第二天，小国陪他上了车，走在路上，小国把一个盒子递给了他："这是小红送你的礼物。"

"哪个小红？"

"陪你跳舞的服务员啊。"

"这个礼物我是万万不能收的。"唐凌紧张起来。

小国说，你不用太紧张了，人家也不是别的意思。你不当一回事不就行了。送回去反而不好。再说，要送你去送？反正我是不能送，我送回去，她还以为我没捎给你呐，我和她爸还挺熟的。

万般无奈，唐凌把小服务员送他的一盒衬衣拿回了家。

那一个时期，唐凌的衬衣特别多，几乎每参加一个会议就收到一件衬衣，回家后，他把小服务员送他的衬衣扔到柜子里，摞在十几盒衬衣的上面。

不久，唐凌要外出开会，换衬衣时，他顺手就把小服务员送他的那件衬衣找了出来，穿在身上就走了。

第三天回家，麻烦来了，唐凌在写字台的玻璃板上，看到一张女孩子的单身照片。

唐凌拿起来仔细看了看，想起是小镇上小服务员的照片。他的心扑通扑通地跳了起来。

吴小楠走了过来，她说你的照片应该好好保管。冰默在玩你扔下的盒子时，玩出这张照片。

唐凌无话可说。

就这样，那张照片放在唐凌的写字台上，静静地放了好几天，那几天他一直处于两难的境地，把照片立即收起来不好，长时间放在那儿也不好。尤其让他为难的是，他无法向吴小楠解释，有的时候，不解释还好，越解释越说不清。所以，当时的情况是，唐凌等待吴小楠的询问，准备在吴小楠询问他之后再作解释。

事实恰恰相反，吴小楠一直也没问他。到了后来，唐凌也不想解释了。

第二件事发生在两年之后，唐凌主编了业务方面的调研文集，单位用小金库的钱自费出版。别人鼓动他把主编的照片放上，他也心活了，决定在书的扉页上放一张主编的大照。为此，唐凌觉得应该有一张说得过去的个人照片。于是，他想到了本市摄影界有一定名气的阿宁。

唐凌不认识阿宁，他就找了市文联组联部的老大姐孙平。孙平十分热心地应承下来。并带唐凌去阿宁的摄影楼拍了照片。当时，孙平也拍了几张。拍完照片，阿宁和他们商量，定在星期天的上午取照片。

星期天的上午，吴小楠刚好也要到商场去买东西。唐凌开着处里的车，载着吴小楠和冰默，去了市中心。车开到商场门口的时候，吴小楠下了车，冰默却坚持要跟着唐凌。唐凌问吴小楠买东西需要多长时间，吴小楠说，三十分钟怎么也够了。

这样，唐凌和吴小楠又约定，他三十分钟后赶来接她。

唐凌开着车去接孙平，接到孙平之后，又去了阿宁的摄影楼。那时冰默还小，他怕冰默到摄影楼里乱翻乱动，反正就是取照片，时间不会太久。所以，停下车之后，唐凌就把冰默锁在了车里。

唐凌和孙平进了摄影楼，不想，他们去得早了点，照片还没有冲洗出来。他们只好坐在里面，同阿宁聊了起来，一边聊一边等那些照片冲洗并烘干。

时间一点点过去了，照片出来的时候，已经过了唐凌和吴小楠约定的时间，唐凌的传呼也尖声地响了起来。

唐凌取了照片，再把孙平送回去，接吴小楠时，吴小楠已在路边等得十分不耐烦。

吴小楠上了车，她一脸的不高兴，一句话也不说。唐凌解释照片没冲洗出来，所以耽误了一些时间。吴小楠仍旧不说话。

车到家了，临下车时，冰默突然说话了。她对吴小楠说："妈妈，我特别讨厌那个阿姨，她和爸爸进到一个房子里就不出来，把我一个人锁在车里。"

唐凌傻了，他已经对迟到的原因进行了解释，再解释只能是"越描越黑"了。

这两件事唐凌没有向吴小楠解释，吴小楠也没要求他向她解释，就这样，好几年过去了，他一直都没有解释。

唐凌在恰当的场合讲这两件事，除了想夸耀吴小楠的"层次高"之外，他还想说明自己的生活状态不错，他和妻子相互信赖，想一想，他们已经到了无须解释的境地，那该是怎样的一种默契呀。

想起这些，唐凌觉得吴小楠大概不会因为他昨天的电话，以及早晨匆匆忙忙离家而多想什么了，因为吴小楠是个豁朗的人，他们一向给予对方一定的自由空间。这样一想，唐凌觉得轻松了许多。

八点半以后，单位的同事陆陆续续来上班了。老杨也是上班时间过了才进到办公室里来的，他脸色苍白干燥，一脸的疲倦气。

唐凌对老杨说，今天的会议你召集一下，我家里有点事。

老杨问："挺重要的吗？"

"当然。"唐凌说。

"是家里的事？"

"算是吧……"

想一想，他又觉得老杨的口气有些不对味儿，好像处长是老杨而不是他。这种谈话方式，成了他向老杨请假，而老杨必须在问明了情况以后才决定是否给他准假一样。

老杨一定在唐凌的神情中看懂了什么，他连忙说："你别误解，本来，我今天上午和朋友约好了，也想请假来着……这样说来，就紧你吧，你是处长嘛！"

唐凌在心里说，即便我不是处长，你也该优先我的。唐凌很少请假，而老杨不同，白天在办公室里，很少能见到老杨的影子。

唐凌也曾为此有过想法，但想法归想法，生气也没有用，在领导那头，老杨的分量并不比他轻。社会发展的太快了，一个时期需要一种类型的干部，这也是没办法的事。老杨活跃，能紧密地结合社会的发展，适应变化，唐凌就不同了，头些年他还行，这两年，他越来越古板了，身上的知识分子气越来越明显了，只要他不喜欢的事他就不肯去做，不肯主动接近领导，当然在领导那头丢分。

说起来，唐凌也不至于笨到经过别人点化还不明白的地步，只是他不肯去做，他觉得那样，即便他升上去了，也觉得心亏，有些事情他是做不来的。

老杨关切地走到唐凌身边，问唐凌："用不用我帮忙。"

唐凌摇了摇头。

唐凌决定不对单位的任何人讲晓凯的事，尽管他对他的仕途已经看谈了，他不怕这件事引起误解和不好的反映，进而影响到他的提升。可他还是不希望这件事被更多的人知道，机关里传消息传得非常快，并且，同喜欢传消息的妇女一样，传一传就走鼻子走眼儿，变了味道。

唐凌临走前，问外间的内勤小孔，昨天下午有没有一个小男孩来找他。

小孔瞅瞅他，摇了摇头。

"电话也没有吗？"

"我没接到……什么样的小男孩？"

"我也没见过。"

小孔说："如果有小男孩来找你，我一定通知你。"

"也没什么，"唐凌极不自然地说，"我家的一个远房亲戚……那，就没什么事了。"

唐凌附加了没有必要的解释，反而引起小孔的注意，小孔观察了唐凌一番，似乎感觉到唐凌与往日不太一样。

　　唐凌临出门，小孔追了过来，"对了，我这儿有几张空间技术模型展览的票，在青少年宫，你不带孩子去吗？"

　　"什么时候？"

　　"今天是最后一天。"

　　"今天不行。"

　　"那，我带孩子去了。"

　　"今天不是有会吗？"

　　小孔立刻做出一副嬉皮笑脸的样子，说："我这不是向您请假嘛！"

　　"你向杨处长请假吧。"说完，唐凌就出了门。

　　出了机关大楼，唐凌又想起晓凯，晓凯是没有条件看空间技术模型展览的，像自己的童年一样，他生活在封闭的大山里，没有大城市里孩子的条件，同冰默的环境相比也有极大的差别。想一想，人的命运就是这么不同……一想到晓凯，唐凌的心情就沉重起来。

　　上午九点，唐凌准时出现在世纪街邮局的门口儿，他在那里张望了一会儿，没有发现小男孩的身影。

　　唐凌进了邮局，邮局营业室里的人挺多，窗口挤满了人。唐凌知道，他向窗口里的营业员询问，营业员也不会有耐心回答他的问题，更何况，窗口里的营业员忙于业务，即使晓凯来这个邮局找他，她也不一定能见到晓凯。

　　唐凌瞅了瞅窗口外的柜台，那些柜台全是透明的玻璃柜，齐腰高。那是卖辅助备品的地方，比如信封、信纸、明信片、礼仪贺卡什么的。柜台里站着一位上了年纪的女人，她的表情严肃，脸有点浮肿。她大概是邮局退休并返聘回来的职工，也可能是那个柜台的承包人。

　　唐凌走到柜台前，脸有点浮肿的女人正给顾客打包装，她的动作很利索，协调而富有韵律感。那个女人的胳膊压着包装的连接处，嘴里叼着剪子，腾出的另一只手"喀喀"地撕长了胶带，将那个邮包封接上。一个方方正正的邮包就完成了。

"打扰一下，"唐凌不失时机地插了进去，"我是租用 46 号信箱的客户。是这样，有没有一个十岁左右的孩子来这儿找人？"

脸有点浮肿的女人目光冷峻地打量了唐凌一番，她的目光令唐凌身子发冷。

"你是他什么人？"

唐凌一听，立刻像平静的海面上穿跃而起的梭鱼一般，内心里一阵紧张和激动。这说明晓凯来过这里，终于有晓凯的线索了！激动之中的唐凌有些恭维地对站在柜台里的女人说："我是那个孩子要找的人。"

"你是他什么人，家长还是亲戚？"

"可以这么说……"

"你这人啊，你怎么才想着来！昨天他还在这儿，就蹲在邮局的门口儿，转悠来转悠去，差不多有两天的时间，挺可怜的。"

唐凌的心跳得如密集的鼓点儿，看来，晓凯果真是来找他了。"昨天他什么时候走的？"

"下午就没看见他。……不是我老太太多嘴，看你也像个有身份的人，怎么能那么狠心哪……"

"您大概误会了。我是……"

"误会不误会的，孩子就是孩子，就是有什么错，大人也不该那样对孩子……"

"是是，"唐凌无奈地点了点头。与此同时，唐凌写了自己的电话和传呼号码，递给那个已经令她尊敬的老女人，说："我这就去找他，如果他再来这里。麻烦您转给他，或者帮他同我联系上……回头我再谢您！"

脸有点浮肿的女人接过唐凌递的纸条，叹了口气。唐凌不知道她是怎么想的，她肯定有很多猜测，不过这个时候，唐凌已经顾不过来了，他要立刻采取行动，去找已经来这个城市里的晓凯。

唐凌出了邮局，他先是在临近世纪街邮局那一带的旅馆、招待所找，结果一无所获。

接着，唐凌又去了火车站和长途客车站，他在那些地方转得两腿发酸，还是没有看到晓凯的人影儿。唐凌有一张晓凯的照片，晓凯站在一片树林里。晓凯的头小了点，不够清晰，不过，唐凌还是觉得他可以分辨出晓凯的模样的，从晓凯的脸上，他可以联想到易丹当年的影子。

没有一个可能是晓凯的影子进入他的视线，唐凌眼睛发涩，口腔干燥。强烈的失望感疑云一般笼罩在他的心头……

下午三点，唐凌疲劳不堪地返回到单位，单位里仍没有相应的消息。

无奈，唐凌关上套间的房门。他给易丹打电话了。

易丹给唐凌留的电话号码是离林场五里的一个小镇的食品店的电话。她所在的林场由于木材超量采伐，已经变成了经营所，经营所办公的房子经常空着，没有人。

那个电话自然找不到易丹，他就委托那里的人给易丹捎信儿，他在单位等易丹的电话。

等易丹的电话时，房间里就剩下唐凌一个人。他感到焦躁不安，不断吸烟，不停地在房间里踱步。

等易丹电话期间，唐凌还分别给派出所、火车站和海港码头打了电话，做了寻人的咨询。结果和他预想的一样。

一直到天色渐晚，易丹才回电话。

"晓凯来我这儿了。"唐凌声音低沉地说。

易丹沉默了一会儿，她的话音开始有些颤抖："他真的去你那儿啦？"

"是，他到我租信箱的邮局找过我……不过，我还没见到他。他有没有可能已经回去了？"

"我还没有他的消息……唐凌这该怎么办？"

"你别着急，"唐凌说，"我会想办法找到他的。"

唐凌安慰着易丹，可他并没有什么更好的办法。该找的地方都找过了，他想到的所有办法中就剩到新闻单位发寻人启事了。

"易丹，你放心，无论多难我都会全力以赴去找他的。还有，你的电话联系太不方便了，我们应该保持联络。有没有别的电话？"

易丹说我想想办法吧，要么，我每天上午九点给你打电话。

"好吧，"唐凌说，"还有一个问题，晓凯为什么来找我，你知道吗？"

"我也在想这个问题，他走的时候什么也没说，只给我留了一个条子，让我放心，你说我能放心吗？"

"你别哭，哭也不是办法。再说，不是有我吗？你放心吧，晓凯也不是小孩子啦。"

"谢谢你，这个时候就指望你了。唐凌，真对不起，我不知道会给你带来这么大的麻烦。"

"没关系。"唐凌说。

"真的，"易丹的声音仍有些颤抖，"我本来没想这么多的，我只是信赖你，觉得晓凯应该有父亲的教导。唐凌，我是不是自私了点，给你带来这么大的麻烦，我心里十分不安。"

"别说了易丹。现在不是说这些话的时候,现在重要的是找晓凯！"

"好吧，"易丹的声音镇静了一些，慢慢地说："唐凌，拜托了！"

放下电话，唐凌默默地坐在椅子上，久久没有离去。

第五章

　　夏乃红从那个巨大的火山灰中爬了出来。她打掉了孩子，交出了汽车，从别墅里搬到学校的单身宿舍。她穿着风衣，坚毅地走在初冬的风里。

　　吴小楠从女子健身俱乐部出来，就立刻给夏乃红打了一个电话，夏乃红的电话关机，她这才想起，她打电话的时间，夏乃红正在广播电台的直播间里主持节目。

　　夏乃红本来是学经济的，后来进入到新闻单位，并且当了节目主持人。夏乃红对职业的选择，大多数同学不理解。吴小楠理解夏乃红，她知道夏乃红喜欢干什么。喜欢是非常重要的，喜欢才会对工作有热情，喜欢才会把工作做好，而所学的专业并不特别重要。吴小楠这样看。

　　吴小楠知道夏乃红有语言天赋，也有表现欲，在她看来，从事文艺或与文艺搭边儿的工作的人，一般说来，她的感情世界都是丰富的，他们的体内，应该有一条丰润的河流，那条河流时刻滋润着他们的情感，并让他们不断向外界展示着，即便由于外在的原因，他们会被一时压抑了，一旦有适合他们的土壤和气候，他们丰富的感情河流就会蔓延。

　　在大学时，夏乃红就是文娱方面的活跃分子，她在学生会的广播站当记者、编辑，还兼广播员。也许，在那个时候，就已经决定夏乃红毕业后的职业选择方向了。

　　那个时候，吴小楠和夏乃红的关系并不密切，夏乃红是学校里"令人瞩目的人物"，也是众多的男同学追求的目标。通常存在这样一个事实，太得男孩子欣赏的女孩子，在女孩子堆里就会受到排斥。同时，太多的男孩子追求反而容易把她"娇惯"了，一般条件的男生，她根本看不上眼，而特别出类拔萃的男生，还可能躲到了圈子之外。所以说，夏乃红在读书的时候，并不是事事如意的。

大学期间，夏乃红在众多的追求者中选择了学生会副主席，那个面色发红、长满了青春痘的高大的男孩子"当牛做马"一般，对夏乃红百般呵护。尽管如此，夏乃红仍然对他不满意，横挑鼻子竖挑眼的，搞得那个性格温和的男孩子在她面前总昂不起胸膛，可怜兮兮的。

毕业那年，夏乃红与恋爱两年的高大的男孩儿分手了，个中原因无人知晓，夏乃红对待这件事似乎不太在意，她仍然快快乐乐的，完全是一副迎接新生活的姿态。

毕业后，夏乃红分配在中国建设银行市分行，工作环境和条件都不错，谁想，她偏偏喜欢新闻单位的工作。那年年底，广播电台公开招考播音员，她就考上了。

电台改革的时候，夏乃红成了第一批节目主持人，没过多久，她就开始走红了。很多人都知道"夏红"的名字。就在那个时候，夏乃红和吴小楠的关系也密切起来。

也许是太多的热闹的缘故，夏乃红的灵魂恰恰是孤独的，她需要吴小楠这个可以与之倾诉内心的朋友。那时，吴小楠还没有和唐凌相识，她也觉得自己如掉队的孤雁，读大学时的好朋友纷纷离去，天南地北的，只有她还形单影孤地留在学校里。她需要同伴的影子在身边，哪怕仅仅能看到那个影子，她也有安全感。

就这样，吴小楠和夏乃红常常结伴去吃麦当劳或肯德基快餐，或者在星期六的晚上去"基尔特"电影院看电影。

当时，夏乃红和吴小楠的经济条件已经有了差别，对于吴小楠来说，她拿着一个"助教"的工资，那种生活方式已经令她满足和快乐了，而夏乃红就不一样了，夏乃红处在热闹的地方，热闹的地方通常也是金钱流通频率高的地方，她又是社交圈子里受注目的人，无形的收入自然比吴小楠多。

"如果我答应的话，请我吃饭的人可以排到一年以后。"夏乃红这样对吴小楠说。

尽管吴小楠对这些表示不屑一顾，可她还是隐约地对夏乃红的状态有些羡慕，她自己也说不清为什么。起码在她和夏乃红一起出来的时候，夏乃红比她出手大方，她总是在漫不经心中占了夏乃红的便宜。

吴小楠也参加过夏乃红圈子里的活动，见识过几位"大款"，不过，参加了几次活动之后，吴小楠就不想再参加了。吴小楠倒不是戴有色眼镜看待事物的，也不是一味地进行批判，她只是觉得自己的品位和兴趣与那个场合上的差距太大。

吴小楠认识唐凌的半年前，夏乃红开着一辆奶白色的本田跑车来到学校，用砖头般的手机给她打电话（那时国内刚兴起移动电话）。

吴小楠穿着白大褂工作服，正在办公室里整理资料。同事告诉吴小楠是找她的电话，她就把电话夹在脸的一侧，歪着头问是谁。

夏乃红说："是我呗。"

"乃红，你在哪儿？"

"你往窗外瞅。"

吴小楠透过小格的玻璃窗向外一看，夏乃红穿着红色的风衣站在路边，正向她招手。夏乃红的身边是一辆白色的轿车，那个画面美极了，很多年以后，吴小楠还能想起那个画面。只可惜，那个画面于夏乃红来说来得超前了些，夏乃红为此也付出了惨重的代价。

吴小楠跑了出来。夏乃红见吴小楠出了门，自己就先上了车，并把头从车窗里探出来，大声对吴小楠说："上车里谈！"

吴小楠上了夏乃红的车，她打了夏乃红一拳，"死丫头，你什么时候这么招风的？"

夏乃红说："我一直是招风的呀，可我没觉得怎么不好。"

吴小楠笑了，问夏乃红车是怎么来的。

"崔大伟送给我的。"

吴小楠在脑子里快速过滤了一下，还是想了起来。崔大伟是"万亨"公司的老板，在去年圣诞节的晚会上，吴小楠见过他一次。吴小楠对他的印象并不好，觉得他像一个暴发户，尤其是糟践钱的样子，令吴小楠内心里生出了恐惧。"他……凭什么送给你这么贵重的东西？"

"凭他高兴。"

"可他为什么对你高兴？"

"他觉得，我是他最适合送的人。"

"恐怕没这么简单吧，你们恋爱啦？"

"算是吧。"

"他适合你吗？你总不能用感情去换取金钱吧！"

"说得真好，我还想把这个诀窍告诉你呐。我已经不是为青春的一个幻想哭肿眼睛的小姑娘了。爱情是什么？爱情不是海市蜃楼，它必须落到地面才踏实。就说我大学那场轰轰烈烈的爱情吧，最后，除了痛苦和累累伤痕，他能给予我什么，到最后，我还得像一个被人家踢伤的小狗一样，躲在别人看不见的地方，自己给自己舔伤口。"

"我是说，他的层次和品味你怎么可能接纳？"

"要知道，女人是海，从某种意义上来说，什么样的男人都是可以接纳的。再说了，品位也是建立在物质基础上的，你整天为吃饭发愁，为住房奔波的时候，你可能讲什么品位吗？我倒觉得崔大伟的品位不错，起码他每天都洗澡，他用的香水全是正牌的法国货……"

"他每天洗澡你都知道？"

"对呀，我们还上床了呢！"

"可你……你不怕他耍弄你？"

"我才没那么傻呢，我们已经登记了。"

"得，"吴小楠一拍脑门，"到了这份儿，我说什么都得罪人了。不过，你结婚总要告诉我一声的。"

"只是登记了，婚礼还没举行呐。我们早就讲好了的，你来当我的伴娘。"

……

夏乃红结婚之后，并不像吴小楠想象的"困在漂亮笼子里的金丝鸟"，有多么地不快乐。相反，夏乃红好像特别适应她"贵族"太太的生活。没过多久，她对衣着和用品开始讲究"牌子"了，所说的"牌子"主要是指国外的知名或著名的商品品牌。可在吴小楠看来，那些商品更多的差别是在价格上，几乎同样的东西价格相差几倍或几十倍，讲究那些实在没有必要。夏乃红却不然，她沉醉其中，一谈起"牌子"就津津乐道，就是走在街上，她只需一眼就可以看出哪个人穿的是什么牌子，是真的还是假的。每到这个时候，吴小楠觉得自己像来自另一个世界一样，她什么也看不出来。

那个时候，夏乃红还张罗着给吴小楠介绍他们"圈子"里的年轻老板，吴小楠也尝试着见了面，然而，每次见面之后她都有后悔的意思，后来，她就不再参与那个社交圈子了。吴小楠这样认为，她自己属于另一个"部落"，她不会在那个圈子里找到"巢"的。

就在那个对吴小楠来说属于情感空白的艰难时期，吴小楠认识了唐凌。有的时候，吴小楠甚至觉得与唐凌在一起是无可奈何的选择，实在找不到更好的，唐凌就被"矮人中拔大个儿"给拔了出来。另一方面，吴小楠也相信缘分，她接触过很多男人，各种类型的都有，阴差阳错的，最后就剩下了唐凌。

夏乃红知道吴小楠和唐凌的事之后，她态度坚决地加以反对，后来，她见到了唐凌，她的态度就改变了。她对吴小楠说："这个人行，如果我不是结婚了，我会挖一口深井，非常巧妙地把他掉进去的。"

　　夏乃红的"贵族"生活虽然灿烂了一阵子，只是好景不长，就在他们结婚的第二年秋天，崔大伟出事了。崔大伟在上海出差的时候失踪了。后来，在浙江海宁一个稻田的河沟里发现了尸体，那个尸体被碎尸了，装在一个编织袋里。在那个袋子里发现了崔大伟的衣物和一张酒店的住房卡。

　　崔大伟一死，他公司的内幕才大白于世。其实，崔大伟公司里的钱几乎都是银行的贷款，用新的贷款还旧的利息，转来转去，转出一个近亿元的大窟窿，除一些经营上的失误之外，更多的都被崔大伟和他的手下挥霍了或难寻下落。

　　崔大伟出事的时候，夏乃红已经怀了 6 个月的孩子，这个时候给她这样的打击，相信没有几个人能爬起来。令吴小楠感到意外的是，夏乃红从那个巨大的火山灰中爬了出来。她打掉了孩子，交出了汽车，从别墅里搬到学校的单身宿舍。她穿着风衣，坚毅地走在初冬的风里——夏乃红令吴小楠佩服得五体投地。

　　吴小楠在公共汽车里胡思乱想的时候，夏乃红给她来了电话。夏乃红说小楠呀，我必须马上见到你。

　　吴小楠想起自己还没吃中午饭，想起的时候，还真的感到饿了，就说，那去迈凯乐快餐厅吧。

　　夏乃红说："算了吧，今天我请你去瑞士酒店吃大餐。"

　　时间不长，她们就到了瑞士酒店，在大餐厅里坐下之后，她们要了几个凉盘，就聊了起来。

　　吴小楠说昨天晚上的电话终于把她惊醒了，想一想，她觉得这些年自己一直都在梦游状态之中，现在仔细回忆了一下，觉得这件事早就发生了。几年前，她在唐凌那里发现了年轻女孩子的照片，自从那张照片出现之后，唐凌经常晚回来，他不回家吃晚饭也不打电话通知家里，冰默给他挂传呼他也不回。还有一次，唐凌说是取照片，实际上是和一个女人幽会，冰默都看见了。本来，我是想息事宁人的。不想，纸里终究包不住火。现在麻烦大了，他和那个女人的孩子已经来找他了……

"真的这么严重？"

"昨天夜里，他几乎一夜没睡，心事重重的，像天要塌下来似的。"

夏乃红说如果唐凌真这样对不住你，我会帮你摆平的。

"问题是，我现在还不确定。"

夏乃红显得经验丰富地说："我看这样，你现在还得稳住他，千万别打草惊蛇，常言说打蛇要打七寸。抓住确凿的证据后，再收拾他。"

吴小楠叹了一口气，说："恐怕不是你去惊蛇，而是蛇来惊你呀！"

夏乃红信心十足地说："这个世界上没有过不去的山，也没有趟不过的河。不用怕。"

吴小楠瞅了瞅夏乃红，不言语了。

夏乃红说服吴小楠的时候慷慨激昂，说起她自己的事，她就如过季的柿子，软乎乎的，显得六神无主了。她们之间的角色也来了个置换，吴小楠又开始劝夏乃红了。

夏乃红把她在小公共汽车上的遭遇详细地向吴小楠讲了一遍，她还附加了当时的心理状态，比如心是怎么跳的，快跳到嗓子眼儿了什么的。讲的时候，她还强调那个陌生的男人比较英俊，有男子汉的味道以及他全知全觉的神秘力量等等。

吴小楠没有亲身经历和体验，经过夏乃红的语言来转述，她怎么想象也感受不到夏乃红说的那么"恐惧"，相反，她觉得挺滑稽的，挺有传奇色彩的。所以，夏乃红的一番话，反而挑起了她的好奇心。

"为什么不寻常的事总能让你碰到？"吴小楠表情怪异地说。

夏乃红叹了口气，说："我也不知道。当时我可吓死了。"

"如果是我，我也许没你那么害怕。"

"你没经历那事儿，说话当然轻巧。"

"如果是我，我会细心地观察他，你知道，人在慌乱的时候是缺乏判断能力的，我会用神秘的微笑对待他，让他的猜测露出破绽。"

"关键是，"夏乃红说，"他让我联想到崔大伟，除了崔大伟，没有人对我那么了解了。也许是崔大伟的朋友？崔大伟同他讲过我们之间的事？我好不容易从崔大伟留给我的阴影里走出来，我真怕他的阴魂不散哪。"

吴小楠不言语了，她对夏乃红说的情况是了解的。崔大伟死后的二三年里，几乎没有男人敢接触夏乃红，是不是有人认为夏乃红是"丧门星"不得而知，至少会有这样看的男人，他们认为夏乃红不可能不与崔大伟的那些麻烦有所牵连。同时，社会上还有这样的谣传，说崔大伟的小兄弟一直在暗中保护着夏乃红，如果有好奇的男人去摘夏乃红这棵"桃子，"就得付出比想象还大的代价。

夏乃红为崔大伟保持着"贞洁"，事实上，几年过去了，连夏乃红自己也没有见到保护她的崔大伟的旧部。原来和崔大伟打得火热的人，躲还来不及哪，当年跟在他身边的人也纷纷雀散，另投他主了……

吴小楠思忖了一番，说："十年了，不可能的事，不过是你想象力过于丰富而已。"

"那，我该怎么办？"

"我觉得应该进一步接触一下，探出个究竟来。如你自己所说的，我们来到这个世界上，就是为解决难题来的，没有过不去的山，也没有趟不过的河。不用怕！"

夏乃红笑了，说："我就知道你会说这样的话，不过，我还是觉得心里舒服了一些。"

吴小楠说，他真的像你说得那么神的话，最好给我引荐一下。

"干什么？"夏乃红问的时候，开始笑，一边笑一边说："我可不能随便引荐给你，如果他真的优秀的话，我就会多一个竞争的对手……要知道，像我们这种三十七八岁的女人，正是发情期的高峰呢！"

吴小楠过来打夏乃红，说："死丫头，说得多恶心！"

吴小楠和夏乃红分手时，已经到了晚上七点。夏乃红知道自己错过了晚饭的时间，就匆匆忙忙打了一个计程车，走了。

夏乃红还在初起街灯的路上转着，同吴小楠谈话的时候，她几乎完全轻松了，可吴小楠一走，那片她无法判断形状的疑云又在她的头顶盘旋起来。

第六章

　　我听人说，天上出满星星时，可以和遥远的亲人说话。爸爸，你听到我的声音了吗？我和你说了非常多非常多的心里话……

唐凌到家的时候，已经 6 点多了。他见吴小楠还没回来，心里不太痛快。

冰默也不高兴，和唐凌一见面，就说："我希望你们对我的态度能贯彻始终。"

"怎么讲？"唐凌态度和蔼起来。

"昨天你们对我那么好，今天就不理不睬的，一会儿上天堂，一会儿入地狱，谁能受得了。"

唐凌笑了笑，说："我不会让你入地狱的，我的小公主。如果必须入地狱的话，那会是我而不是你。"

"这样，我最希望了。"说完，冰默就嘟着嘴，回自己的房间去了。

唐凌一向对冰默的语言能力感到吃惊，他不知道冰默的语言受他和吴小楠的影响多，还是受电视的影响多，尤其是电视里卡通片的影响。事实上是，冰默的语言表述能力远远超出了她的年龄。

唐凌也意识到，他们在给冰默信心的同时，对冰默也显得过于溺爱了，溺爱使得冰默更多的是适应别人对她的关爱，而不是她对别人的关爱。所以，只要她不顺心的时候，她就无所顾忌地使性子，发脾气。

问题的麻烦在于，唐凌每意识到这个问题的时候，他都会想，溺爱就溺爱一点吧，这一代孩子本来就比较孤独，他们被爱得强烈一点也不算过分。

唐凌围上围裙进了厨房，他对厨房里的工作并不陌生，很快做了两菜一汤，热了剩饭。

唐凌和冰默吃完饭，吴小楠还没回来，他只好把饭给吴小楠热在锅里。

吃过饭之后，冰默把作业本拿来，让唐凌检查她的作业。这个工作一向是吴小楠做的。唐凌也不想检查女儿的作业。

"我看不如这样，我们找一本有趣的书来读。"唐凌说着，随手从冰默的床头柜上拿起一本 J.H.法布尔的《公鸡背母鸡》。"我看就法布尔吧。"

冰默说："行。"

在唐凌的印象中，几乎是由于女儿他才接触法布尔的，并且是在本世纪末，令他惊讶的是，法布尔和法布尔精神属于上一个世纪。对于已经三十七岁的他来说，不能不留下遗憾和感慨。

那些遗憾和感慨一方面是由于我们对世界文化没能及时有效地共享，另一方面也是对我们缘何迟疑地接受一种文化观念所进行的思考。在唐凌看来，法布尔的作品并不晦涩难懂，特别是《昆虫记》，文笔流畅好读，利于普及。在和冰默一起读《昆虫记》的时候，唐凌有着极深的印象，比如萤火虫用微小的钩子将麻醉汁注入蜗牛体内，蜗牛的肉体被释化为液体，萤火虫就吸吮"预热化"为汁的猎物；比如蝉卵的遭遇，当雌蝉产卵时，一种墨黑的蜂科类飞蝇就会尾随其后，将自己的卵产在蝉卵里，而取代蝉的家族，并"独享一份肥美的蛋黄。"

当时，唐凌曾对冰默讲他小时候的经历，他说他小的时候，对动物特别是昆虫类生物的知识实在有限，很难谈得上理解，更不能指望从人类的角度给予它们以人文关怀了。那个时候，他所接受的动物和昆虫的知识仅限于简单地区别它们，区别他们主要在于他们的形状不同，停留在那个层面已经算有"知识"了，没人愿意做更深人的了解。

在那个时期，唐凌说，我还接受了有助于"想象"的童话和神话，问题在于，我没有真正了解动物和昆虫的时候，就附加了变形的童话和神话，使之离事实的本来面目越来越远。到我长大了，可以理性地思考这个世界的时候，先天不足的思维方式就会使我产生一些偏颇和局限。

想到这里，唐凌联想到他在后来的什么时候，在一本书上读到这样的文字：在这个世界上，我们对"危险"的东西担心有余，而对"没有危险"的东西认识不足。这个认识上的缺陷将给人类带来麻烦。细想一想，像狮子、蛇一类危险的动物一年危害多少人？而死于蚊子等昆虫传染病的数量却极其惊人。

现在，在蘑菇形状的台灯下，唐凌和冰默两代人一起读法布尔，他和冰默扮不同的角色，你一句我一句地读着。

> ……爱弥儿：天哪，这些小坏蛋，母亲在一旁都快急疯了，它们竟然也不听它的话！不过，它们毕竟是鸭子，也难怪它们要跳到水里去了。
>
> 保罗：起初，它们不顾母鸡苦口婆心的规劝独自跑到池塘里戏耍；后来，看见它们好几回跳到水里都平安无事，母鸡放心了，也就常常高兴地带着它们去洗澡，自己却守在岸上，看它们做着游戏快乐地玩耍着。

在读法布尔的书的时候，唐凌仿佛听到了法布尔的声音，感受到了他的呼吸。唐凌想，法布尔告诉我们的不仅是文字所传达的知识和含义，更重要的是他告诉我们一种方式，这种方式太重要了，它的意义远远超出了我们的想象。

他还这样想，与女儿冰默不同的是，冰默在接受法布尔的科学精神，而对于他来说则是补课。

想到这儿，唐凌瞅冰默的目光充满了慈爱，他想，多希望冰默长到他这个年龄的时候，对待这个世界的看法不是分割的，而是完整和科学的，并且充满了爱……

门外有哗啦哗啦的钥匙声，唐凌知道，是吴小楠在开房门。

门开了，吴小楠表情严肃地走了进来。

"饭在厨房里。"唐凌说。

吴小楠说我已经吃过了。

"如果你给家里打一个电话，我可能更从容一些。"唐凌指了指饭桌说。

"你应该习惯这种方式，你不是也很少告诉家里，是不是回来吃饭吗！"

吴小楠的话有些生硬，把唐凌顶得没话说。

这时冰默跑了过来，她对吴小楠说："快七点我才吃上饭的，可把我饿坏了。要知道，这是违反儿童保护法的。"

吴小楠拍了拍冰默的头，有些感叹地说："妈妈不在就是不行，我的宝贝受委屈啦。"说完，吴小楠就回房间去了。

唐凌还傻愣愣地站在饭厅里，他觉得吴小楠的情绪不大对，可他又摸不出头绪来。在过去的日子里，吴小楠也有类似的情绪反常的时候，但那多是处于她周期性失血的时候。唐凌算不上是个细心的男人，他对吴小楠的情绪变化，更多是等她发展到了一定的程度之后，才会有所感应和察觉。

吴小楠回到房间里换了衣服，就躺在床上。唐凌走了过去，用手背试了一下她的额头，问："是那个又来了吗？"

"不是。"

"那，是病了？"

"没有。"

"没有，就好。"

　　唐凌返回到客厅里，他心事重重的，就坐在沙发上，点燃一支烟，又陷入沉思之中。

　　此时，唐凌想的并不是吴小楠，他知道吴小楠过一会就没事了，他想的是晓凯。他不知道晓凯现在在哪里？冰默吃饭晚了一会儿，就提出了抗议，搬出了"儿童保护法"，晓凯呢？同样是九岁的孩子，现在还不知道他在哪里？吃饭了没有？他有地方住吗？他会不会忍受着饥渴在夜晚的街头踟蹰……

　　唐凌的眼前总是晃动着晓凯的影子，尽管他没有见过晓凯，可他总觉得有一个他已经特别熟悉了的小男孩在他的眼前微笑着。

　　爸爸，你收到我的信了吗？你应该把单位的地址留给我。现在，我正在大街上走着，我找不到你，你知道我心里多急呀！爸爸，我很累了，又渴又饿……你现在在哪儿？

　　唐凌闭上了眼睛，他觉得晓凯的影子旋即消失，他不想让那个影子消失，哪怕多保留一会儿也好。而此时，以前晓凯给他写的信也变成了声音，那声音应该是晓凯的。唐凌没听过晓凯的声音，但他觉得他听到的那个声音就是晓凯的。那个声音如泉水般清澈而响亮，清晰地萦绕在他的耳畔。

　　——爸爸，今天又开学了。我穿着你给我邮来的运动衣，走在学校的操场上，同学们都围着我问，你猜怎么样？他们羡慕极了。我也特别自豪，因为我有一个关心我的爸爸，一个在大海边工作的爸爸。……

　　唐凌知道那套运动衣并不是他买的，也许是易丹以他的名义买来，送给晓凯的。

　　——爸爸，今天我把你给我的田字格本送给大方 4 本。大方是特困生，他的学费都是希望工程捐的。妈妈说我做得对，应该帮助困难同学，你爸爸也会支持你的。爸爸，你一定会支持我的，对吧？

是的，唐凌在心里说，我会支持你的，并且，我还为你的行为感到由衷的高兴。

——爸爸，春天又来了。我们这里的山开始绿了，达子香花也开了。大海边有树吗？如果有一定也是绿的吧！今天学校组织我们去植树造林，每年我们都参加植树造林活动。我六岁的时候栽的树已经长得像我这么高了。爸爸，你回来的时候，一定要看看我栽的树。……妈妈说，等小树长过房顶的时候，爸爸就回来了。

唐凌突然觉得鼻子发酸，这种期待令他心里发抖，这是易丹似的美丽的谎言，犹如她童年编织的血红的五角枫的花篮一样，从唐凌的记忆底层复苏了。

——爸爸，今天我和妈妈去给姥爷上坟，妈妈说，你小的时候，姥爷可喜欢你了。妈妈还说你小的时候特别勇敢，要我好好向你学习。……爸爸，你别笑话我，我现在胆子可小了，天黑了就不敢出门，把手划破了就掉眼泪儿，今后我要好好向你学习，做一个勇敢的孩子……

唐凌在心里说，晓凯，爸爸并不像你妈妈说的那么勇敢，爸爸小的时候也哭鼻子，不过，你会渐渐长大，会一点点勇敢起来的。

——爸爸，又到秋天了，我望着排成人字形的大雁向南飞去，如果我能把自己变小，让大雁驮着我，飞到你那里该多好呀。

……今天我和小军哥俩打了一仗。他们说我没有爸爸，爸爸是假的，不然，为什么总见不到爸爸。我虽然吃亏了，可是我也教训了他们，我要让他们知道我不是好惹的，他们以后再说这样的话就得想一想……爸爸，你和妈妈毕业照里的照片太小了。那是中学的时候照的吧？为什么没有你们两人的照片？结婚的时候你们没照照片？爸爸，你能寄一张清楚的照片给我吗，我真的特别想你。

那个时候，唐凌并没有给晓凯寄他的个人照片，他不能那样做。现在，唐凌多想寄一张照片给晓凯。

"累了就早点睡吧！"

唐凌睁开眼睛，吴小楠也来到了客厅，就站在唐凌的身边。

"你起来了？"

"我不起来怎么办？看看这桌子，明摆着等我捡碗呐。"

"还是我来吧。"

"算了，你早点睡觉比什么都好，省得半夜三更的再上床，噼里啪啦的，我一夜都睡不安稳。"

唐凌眨了眨眼睛，说："真是抱歉！"

为了不影响吴小楠休息，唐凌简单洗漱了一下就上了床，躺在床上，唐凌仍睡不着，他觉得晓凯的声音又隐隐约约地出现了。像他在沙发上听到那样，信的文字又变成了声音，萦绕在他的耳畔……

——爸爸，过大年（春节）那天，我问妈妈，爸爸为什么又没回来，妈妈说：爸爸的单位特别忙。我想，爸爸一定是在节日里坚守工作岗位吧。那几天，我整天守在电视机旁，看电视里报道放假期间坚守岗位的事，我想幸运的话会看到爸爸。……我在电视里，看到一个工程师在大海的机器上工作的镜头，我问妈妈，那是爸爸吗？妈妈当时就哭了，我知道妈妈也在想你……

——爸爸，我们学校组织学生到 15 林班采树籽，野营在帐篷里。昨天晚上，我一个人望着天空。我听人说，天上出满星星时，可以和遥远的亲人说话。爸爸你听到我的声音了吗？我和你说了非常多非常多的心里话……

想到这儿，唐凌突然从床上爬了起来，他来到阳台上，打开玻璃窗，遥望着繁星点点的夜空。那是一个晴朗的天气，天空寥廓而遥远。

唐凌仰头望着星空，他在心里默默地呼唤着晓凯。

——晓凯你在哪里？你知道我和你妈妈对你有多担心吗？晓凯，其实，爸爸并不是你的亲生爸爸，你知道吗？我多希望是你的亲生爸爸啊。

——晓凯，我和你妈妈像你那么大的时候就认识了，我深深地爱着你妈妈，可是，天不遂人愿！你妈妈没有给我机会，给我做你亲生父亲的机会。等你长大了，我会把这一切都告诉你的。

——晓凯，尽管你不是我的亲生儿子，但我真的像对亲生儿子一样爱你，这一点请你相信。你知道吗？现在找不到你，我的心一直提着，放不下啊！

——晓凯，你听到爸爸的声音了吗？爸爸在等待着你！

第七章

夏乃红简直要绝望了，当时，像站在大海深处一块漂浮的冰排上，那个处境是没有希望的，她甚至连哀怜的目光都没有了，她的目光已经冻成了冰……

　　早晨的阳光透过落地窗，洋洋洒洒地射进夏乃红的卧室，又一个白昼来临了。

　　由于白天，夏乃红觉得昨天夜里的噩梦和恐惧如晨雾般消散了。这或许与人类漫长的进化过程有着某种神秘的联系，人类大概还残留着进化前的痕迹——对黑暗的恐惧以及对光明的向往。

　　习惯于每天九点半以后起床的夏乃红，在这个晴朗的早晨八点就起床了。她好像有什么心事，她自己也不能确定那个打扰她的事具体是什么，就像电视画面上常有的一些东西，色彩缤纷而令人眼花缭乱地变化着。

　　"也许是那个叫安浩的神秘男人？"吃早餐的时候，夏乃红想。想到这儿，夏乃红像解开了一道难题一样，心里轻松了许多。

　　其实，在昨天与吴小楠谈话之后，她就犹豫是不是给安浩挂电话，正如吴小楠所说的，她是好奇心强的女人，她想从这个神秘事件中找出答案。同时，她也存在很多的疑虑，他对安浩一点都不了解，而安浩似乎掌握了她的一切，这样，他们交往的起点已经不平等了，她可不想吃那样的亏，加之她对安浩一无所知，就更增加了她下决心的阻碍。不了解比了解到他的危险还可怕，发现危险的同时就有了本能的防御，不了解就不一样了，你不知道进一步的结果会是什么。

　　就在夏乃红思虑重重的时候，她突然拿起了电话，拨通了国际酒店的总机。

"请转 M 公司……M 公司吗，请安浩接电话。"

对方一定在叫安浩接电话。夏乃红则利用短暂的时间快速组织通话时的对话语言。

"你好，我是安浩。请问哪位？"

"安经理吗？……我是昨天您在公共汽车上见到的人，对，您能猜到我今天给您挂电话吗？"

安浩在电话里笑起来，他说我知道你一定会给我打电话的。

"您不是喜欢说让我来猜一猜吗？那么现在，请您猜一猜，我为什么打这个电话呢？"

安浩迟疑一下，说，这个不用猜，如果我说了底牌，你就知道我为什么，那么会猜了。

安浩在玩语言游戏，夏乃红已经感受到了。她单刀直入地说，我想你是猜不出来的。……我给你挂电话是想问你，看没看见一个耳环，嵌白色的钻石，……不过没关系，那个钻石是假的，连耳环都是假的。"

其实，夏乃红并没丢什么耳环，她有随机应变的天赋，她在让安浩猜她为什么打电话时，自己就想出了这个借口，所以，她制造了这样一种情境：她给安浩打电话并不是冲着安浩去的，而是为了寻找丢失的耳环，这样，既打探了安浩那头的虚实，自己也留有余地，进可攻、退可守。

安浩不笑了，他用认真的口气说："是啊，我捡到了，一对儿耳环。"

夏乃红愣了一下，大声说："什么？您捡到了，还是一对儿？"接着，夏乃红笑了起来，笑完了，她说："您真会开玩笑，现在我可以郑重地声明，即便您真的捡到了耳环，也不是我的。"

安浩说，是不是你丢的那一对儿要当面验货才行的，要不这样，我们一起吃个饭，见面时你确认一下耳环，可以吧？

"您不是会猜吗，您猜一猜我会不会同您去吃饭？"接着，夏乃红笑着说："不用猜了……猜了您也会失望的，我没那么容易受骗上当的！"

安浩问，这是要放电话吗？

夏乃红说，您猜呢？

安浩说等一下！夏乃红的电话已经放下了。

这也许才是真实的夏乃红，她的行为怪异了一些，显得违反常规。事实上，夏乃红考虑问题的时候犹疑不定，行动却又是另一回事了。她几乎在行动的同时把她的顾虑全抛在了脑后，她的行动与思考之间并没有全部的直接的联系，思想和行为是割裂的。或者这样说，夏乃红遇到两难的问题时，她不愿耗费更多的脑筋，而是用果敢的行动来打破僵局，通过对行动后的状况的判断，来决定下一步的方向。

这种方法也不是完全无效的。这些年来，她的行为方式在一定程度上帮助了她，当然，也在一定程度给她带来了麻烦。

通过这个电话，夏乃红发现安浩并不像她第一次见他时那么神，在今天的电话中，他起码有两个猜测是不正确的，这样一来，夏乃红心里反而踏实了许多。安浩在她的意识中也不那么忽神忽鬼的，不那么可怕了。

然而，打过电话不久，夏乃红又开始不安了，她又将安浩和崔大伟联系起来。往事随即涌上了心头。

当时，她和崔大伟的开始不是也与她的"果敢"行动有关吗？

那天，崔大伟给她打电话，说他对她主持的节目有个好的提议，如果她同意，他可以给予赞助。那个时候，她的节目正红火着，广告源丰富，不像那些水逼逼的节目，急需企业的赞助。她完全可以拒绝崔大伟的提议，不去崔大伟的公司，可犹豫来犹豫去，她还是去见了崔大伟。

　　崔大伟穿一套白色的西装，坐在深棕色的沙发上，身边还映衬着盈绿的盆栽植物，看上去，崔大伟显得十分伟岸。

　　崔大伟十分得体地接待了她。崔大伟的提议是，让她在午夜凌晨以后搞一档节目，叫"灵魂的家园"，属于感情倾诉类节目。崔大伟认为，午夜后，听节目的人是这个世界上流浪的灵魂，需要心灵的慰藉。

　　夏乃红问崔大伟，是你想出来的创意？崔大伟说当然，不然我就不赞助了。

　　夏乃红一点也不给崔大伟留面子，她说她也看过一个美国的电影，主人公主持"灵魂的家园"节目，影片中的主人公还说过：午夜后，听节目的人是这个世界上流浪的灵魂，需要心灵的慰藉。

　　崔大伟对夏乃红的尖刻并不介意，他笑了起来，他说他是这样理解的，对一个节目认同，并把它移植过来也是一种创意。当今社会不是有很多这样的创意吗。

　　夏乃红不和崔大伟讨论创意的问题，她只是说明她不适合这样的节目。她认为，如果她做午夜的节目，就得在白天睡觉，她不想过"暗无天日"的生活。还有，她也惧怕那些"流浪的灵魂"的侵扰。夏乃红隐约着这样的印象，打进电话参与节目的听众中，个别人有精神障碍，他们会提一些你无法回答的问题，有的甚至说要杀人或者自杀。"我可不想天天做噩梦。"

　　夏乃红讲的时候，崔大伟一言不发地看着她，他的神情极其专注。夏乃红说完了，他动作夸张地给夏乃红鼓了掌。

　　"为什么这样？"夏乃红问。

　　"你比我想得还优秀。"

　　"我听出了恭维的意思。"

　　"是这样，"崔大伟说，"你们电台的主持人很多都找过我，当然，也有电视台的主持人，她们想方设法说服我，就是让我出钱，帮她们开节目。你信不信，我刚才说的那个节目，有很多人想做？你是第一个拒绝我的人。"

"这并不能说明我优秀。"

"那就换一个词，出色怎么样？"

"不怎么样。"

崔大伟从沙发上站了起来，隔着能映出人影的红木桌子，坐在夏乃红的对面，说："我的眼力不错。"说的同时，他把一串车钥匙扔在桌子上。那串钥匙在桌子上滑了一个直线，直接到了夏乃红的怀里。

"这是什么？"

"我送给你的。"

夏乃红笑了起来，平白无故你送我一串钥匙干什么。

"是一部车，新款的本田赛车。"

"那我就更不能要了。礼大压人，我没有理由要你这么贵重的礼物。"说是这样说，夏乃红心里还是有被高度重视的激动感，并且，她觉得崔大伟扔钥匙的动作也充满了贵族气，非常有魅力。

"那是你的事。"崔大伟说，"我这个人崇尚的原则就是简单，从不拖泥带水的。话说回来，我的东西也不是随便送给人的，你懂我的意思。反正我的态度是明确了，收不收是你的问题，你可以想一想，在明天晚上六点之前，我的承诺还有效。"

难题来了，夏乃红陷入痛苦的矛盾之中。

第二天，夏乃红把自己关在房间里，想了整整一个上午，中午的时候，夏乃红给崔大伟打了电话，她对崔大伟说："你不想请我吃饭吗？"

这样，夏乃红就有了令电台所有女主持人羡慕的轿车，有了在外商眷聚居区的别墅楼，她每天可以和那些不远万里来到中国的老板的太太们打招呼，到物业服务中心买那些从国外空运过来的日用品，连手纸、洗衣粉和抠耳勺也是空运的。

这样，就有了盛大而隆重的婚礼。在五星级酒店里，夏乃红和崔大伟婚礼的奢华程度，几乎令参加婚礼的要人和高朋都产生了自卑感。那天，夏乃红风光透了，从婚礼开始到结束，她换了八套婚纱，当时，她激动地想，在这座城市里，没有几个女人能有这样的婚礼的。

然而，夏乃红和崔大伟的婚姻并不像外界想象的那样，一直到现在，也没有人了解他们婚姻的真实状况。事实上，他们的婚姻如同一件精美的玻璃器皿，是易碎的，不安全的。

婚后，崔大伟也没有像夏乃红期望的那样，给予她多少爱的滋润。夏乃红有一定的心理准备，但她无论如何也没有想到，崔大伟连起码的丈夫的责任都尽不到。他们做的每一件事都像是崔大伟商业交易中的一部分，都像是给别人看的。在那个伪装起来的场面中，夏乃红觉得自己成了其中的一个活的装饰物。

崔大伟几乎每天都回家很晚，并且，在十天当中，至少有一半的时间他是不回家住的。就是回家了，他也喷着酒气，在沙发上默默地坐着，一言不发。那个时期，夏乃红的神经特别脆弱，崔大伟不回来，她就睡不好觉，直到崔大伟在她的身边躺下，她的心才安稳了。

夏乃红记得，她和崔大伟的第一次冲突是他们结婚半个月后的一天。那天是她的生日，她本来指望那个生日会给沉闷的生活调亮一点色彩，她也准备了一些话，要在生日聚会的时候讲给崔大伟。然而，她的希望成了漂浮在海浪上的泡沫，瞬间出现又瞬间消失了。

等到晚上九点，她失望了，同时，她也对崔大伟伤心透了。

崔大伟是下半夜两点左右回来的，他的脸色异常难看。

夏乃红在门口迎接了他，一见面，夏乃红打了他一拳，说："你还知道回来呀！"说的时候，她再也抑制不住自己的委屈，呜呜地哭了起来。

崔大伟进了屋，见夏乃红没完没了地哭，他就火了，他大声对夏乃红吼道："你哭丧啊，我还没死呢。"

当时，夏乃红吓坏了，她看到，崔大伟像一匹被激怒的黑熊，用血红眼睛盯着她……

夏乃红说你不必用那样的眼神瞅我，我不会害怕的。

崔大伟的呼吸急促起来，他脖子的筋也绷了起来。

"现在看来，吴小楠说得对，同层次低的人在一起生活是最大的不幸。"

崔大伟听了这话，并没有像夏乃红想象的那样暴跳着冲过来，像老鹰拎小鸡那样来对付她，她已经有了充分的心理准备。

不想，崔大伟反而平静了许多，他坐在沙发上，给自己点燃了一颗烟，吸了一口，说："我层次低？我是层次低，我连高中都没毕业，可那又怎么样？我的手下都是大学生，他们见了我还不是像狗见了主人一样，扔一块玉米饼子给他，他就不停地摇尾巴。"

崔大伟的话令夏乃红目瞪口呆。

"我层次低，可哥们儿告诉你，我玩的女人都是大专以上的，我都数不过来，光研究生毕业的就十多个。我层次低怎么啦，你不是还跟了我。夏红，我现在郑重地告诉你，你不要把自己看得太高了，你既然进了我这个门，你就不再属于你自己，而是属于我。"

夏乃红瘫软在地。当时，她就像一只折断了翅膀的云雀，可怜地堆在大客厅的一角，身子簌簌地发抖。

事后，崔大伟不像别的男人那样去哄妻子，而是把一些昂贵的首饰扔在床上就走了。

像很多女人一样，无论她们落到怎样的婚姻环境之中，她们都希望自己的婚姻是稳定的，希望通过自己的努力把婚姻环境改善得更好一些。尽管在外人看来，夏乃红具有强烈的现代意识，她本人也属于情感丰富型的，甚至多少还有点轻浮，可她对崔大伟还是十分专一的。在夏乃红用泪水洗面的那些日子里，所思所想几乎都离不开崔大伟，她一直在寻找着感化崔大伟的办法，她设想着自己编织一条彩色的丝带，将崔大伟拉到她的身边。

结婚一年半左右，夏乃红发现自己怀孕了，她觉得这个机会很好，孩子的出生，可能会给他们的生活带来新的生机。她不相信崔大伟的心会坚硬如石，就是坚硬如石，孩子也会软化他的。况且，孩子的出现，必将打破他们两人形成的家庭格局，在她的手里，孩子无疑会成为一个较重的砝码。

夏乃红把她怀孕的消息告诉崔大伟那天，崔大伟仍旧回来得很晚。夏乃红还做了几个她认为崔大伟应该喜欢吃的菜，静静地等着崔大伟回来。

晚上九点多，崔大伟回来了。与往常一样，他仍旧坐在沙发上沉默着。他总是那个样子，似乎在思考着什么，也像是在等待着什么。

夏乃红显得心情很好，她坐到崔大伟的身边，还用胳膊搂着崔大伟的肩。"大伟，告诉你一个消息。"

崔大伟瞅了瞅她，没说话，他没说话就是等着夏乃红说话。

"我相信你一定会高兴的。"

"什么消息？"崔大伟终于说话了，还露出些笑模样儿。

"你猜一猜？"

"你说吧！"

"我怀孕了。"

在夏乃红的想象之中，崔大伟知道这个消息之后，他一定会高兴得跳起来，还有可能把她抱起来。夏乃红的印象里，崔大伟是喜欢孩子的。他们去南方旅游的时候，在飞机上，崔大伟对飞机上的一个小孩格外注意，他还把夏乃红的小食品送给了那个孩子。还有，在希望工程刚开始搞的时候，崔大伟就捐了一大笔款。

出乎夏乃红的预料，崔大伟突然变了脸，他猛地站了起来，把夏乃红掀翻在地。"不可能，不可能怀孕！"

"你疯啦？你怎么可以这样对我？"

崔大伟喘着粗气说："……明天你就上医院，把孩子做掉！"

"为什么？"

"不为什么，我不喜欢孩子。"

夏乃红简直要绝望了，当时，她像站在大海深处一块漂浮的冰排上，那个处境是没有希望的，她甚至连哀怜的目光都没有了，她的目光已经冻成了冰……

后来夏乃红这样设想过，崔大伟小的时候一定受过精神刺激，他从不向她谈小时候的事，对自己的身世也讳莫如深。夏乃红现在才体会到，事实上，她一次也没有真正走进崔大伟的内心世界。

尽管如此，夏乃红仍在顽强地抗争着，她开始逆着崔大伟的想法做事，崔大伟不想要孩子，她偏偏要保留那个小生命，她觉得孩子不仅是崔大伟的，重要的还是她的。

夏乃红彻底绝望是她得知他们的婚姻真相之后。从崔大伟的朋友那里，夏乃红才知道他们婚姻的内幕。其实，她不过是崔大伟和他朋友打赌的赌注。崔大伟在一次喝酒的时候，他的朋友议论起电台、电视台的主持人，议论来议论去，他们还是认为"夏红"不错，只是觉得"夏红"太傲，牛哄哄的。

崔大伟说，你们也太夸张了，我三天之内就可以把"夏红"拿下。

果然，夏乃红被"拿"下了。

夏乃红听到这个消息之后，她反而平静了，她连愤慨都没有了。她每天开着车去单位上班，一副快乐得不得了的样子。她还不断更换自己佩戴的首饰，换穿各种各样时髦的衣服。

　　在崔大伟面前，她也平静了，她不再跟崔大伟闹了，他们之间显得平和友好。令夏乃红感到意外的是，一天夜里，崔大伟突然把她抱住了，崔大伟流着泪说，夏红，你别死，我从骨头里爱着你。

　　夏乃红当时特别震惊。只是很快，她发现崔大伟不过是在说梦话。

　　夏乃红推醒崔大伟的时候，崔大伟不高兴地问："你推我干什么？"

　　那一夜，夏乃红彻夜未眠。

　　听到崔大伟出事的消息，夏乃红异常的平静，她似乎已经预感到这一天的来临，并静静地等待着这一天的来临。那天夜里，夏乃红去了被称为"震撼""心跳""狂欢之夜"的"J"的士高舞厅，在那里，她才感到自己的青春已逝。那里是充满青春气息的面孔和充满青春活力的腿的小世界，她不过是其中的一个"另类"。

　　夏乃红在那个舞厅里喝得酩酊大醉。

　　第二天，夏乃红去医院做了引产手术，不久又卖了车，从别墅里搬出来，她想摆脱掉所有的牵连，把与崔大伟有关的记忆全部抹掉。

　　再走到阳光里的夏乃红，觉得她做了一个很长的梦魇，现在，她终于从崔大伟圈成的噩梦中走了出来，她觉得自己新生了。

　　夏乃红站在窗前，叹了一口气。她不愿回忆那些伤心的往事，只是有的时候，那些往事有如在地下积蓄的，充满压力的地下水一样，一有缝隙就冒了出来，毫无办法。

　　夏乃红想起了郭海洲，昨天是郭海洲的生日，本来她说要给他过生日的，她失约了。不但失约了，她电话都没打。她想，郭海洲一定是生气了，不然，郭海洲会给她打电话的。

　　夏乃红拨通了郭海洲的电话。

　　"小红啊，"郭海洲的语气仍旧平和，"有什么事吗？"

　　夏乃红愣了一下，说："真对不起，本来答应给你过生日的。"

郭海洲笑了，说："我以为是什么事呢。这用不着道歉，再说，我今年不过生日了。"

"为什么？"

"1999 年不是不过生日嘛！"

"你也信这些？"

"信，信着玩儿呗。"说的时候，郭海洲爽朗地笑了起来……

第八章

唐凌当然愿意，他们就到了砖瓦厂那片向日葵地里。唐凌还恍惚地记得，那是余晖染遍向日葵林的时候，他终于有了无拘无束的笑声……童年如树。

早晨起来，唐凌才知道是星期五了，这意味着，明天就是"大礼拜"，他不到单位上班。少了单位这个与易丹甚至晓凯联系的阵地，对唐凌来说并不是好事。

晓凯还没有消息，今天成了唐凌寻找晓凯的重要一天。

唐凌准时到了单位，不想，唐凌刚一进办公室，内勤小孔就对他说："处长，局长让你去海天宾馆开会。"

"什么会？"唐凌问。

"通知时没讲。"

"我必须去吗？"

"局长说让你去。"

唐凌知道再问也不会有什么结果，他放下公文包，就给局长打了一个电话，电话没人接。唐凌又给办公室打了一个电话，办公室说不是他们通知的，具体情况不太清楚。无奈，唐凌只好下了楼，坐车直奔海天宾馆。

在去海天宾馆的路上，唐凌想，这下麻烦了，他原来的计划都打乱了。本来，唐凌对这一天是这样安排的。九点，他等易丹的电话，与易丹通过电话之后，他就去世纪街邮局，看看有没有晓凯的消息或者信件，然后，他再与有关部门联系，跑一跑没找过的地方，按机关流行的说法，"加大点力度"。这一天非常关键，唐凌这样认为。

这个会议通知来得不是时候，唐凌的情绪十分低落。

接近九点的时候，唐凌已经出现在海天宾馆十八楼的大会议室里。那个大会议室有一个长形的椭圆会议桌，会议桌的周围坐着参加会议的人。

唐凌签到后，在服务员的引导下来到一个朝着阳面的空位置上。这时，唐凌发现局长已经端坐在那里，而他的座位前所对应的桌子上，还有一个名签，名签上写着自己的名字。

坐下来之后，唐凌用习惯的表情同相识的或不相识的人打招呼，打招呼的同时对四周的情况作了观察。参加会议的不到三十人，大多数他都熟悉。而此时，他才知道，他开的会是一个涉及不同职能部门收费交叉的一个协调会。

唐凌看了看表，已经九点半了，他连忙起身，向门外走去。别人会以为他去厕所，实际上，他到了会议室门外，打通了易丹在小镇上留下号码的电话。

电话不是易丹接的，接电话的人说，易丹刚刚走。

"她没留下什么话吗？"唐凌急促地问。

对方说没有。

唐凌心情沉重地返回到会议室。很显然，晓凯还没有消息，不然，即使易丹打电话找不到他，也会给他留下话的。

现在，晓凯在哪里？易丹回林场了吗？

唐凌所坐的位置正好可以望到大海，由于楼层高，出现在他视野里的海也是远海，海天在他的眼前连接起来。唐凌的思绪也随之遥远而虚幻……

唐凌和易丹小的时候就认识，他们两家住的地方很近，相隔不到两条街。唐凌记得，在他上小学的时候，易丹家从市里搬来了。听大人讲，易丹她妈原来是市林业干校的老师，"文化大革命"后期，由于生活作风问题，在教学楼的楼顶上吊了，定性是"自绝于党和人民"，属于畏罪自杀。后来，易丹的父亲易大夫就领着易丹下放到唐凌家所在的林业局。那是七十年代初，林业还是"林老大"的时候，虽然总体生活水平和那个时代一样，生活单调，物质匮乏，但比起县里还强得多。这些年来，唐凌家乡的林业局资源枯竭，林业局陷入了困境。这是后话。

唐凌记不起他第一次见易丹的情形了。那个时候，他才 9 岁，正是淘气的时候，整天抹得浑身泥土，除了吃饭淘气之外，他几乎什么都不关心。不过，他以及邻居的孩子却都十分关心国家大事，关心世界上三分之二的受苦人。

唐凌家所在的林业局叫凌河，在黑龙江东部，离中苏边境很近，过了马桥河林场，就要边防检查证了。

那个年月，中苏关系正紧张着，"深挖洞，广积粮""反修防修"的条幅到处都是。砖墙上，板杖子上，大树上。唐凌家也和很多家庭一样，在自己家的院子里挖了地洞，以防空袭。在窗玻璃上贴"米"字的纸条，以防玻璃被震碎了伤到人。预防空袭的警报经常在大修厂的灰楼上响起来。这样，大家就把家里准备的干粮和炒面背上，跟着前呼后拥的人群，向铁道旁的防空洞跑去。

那时，唐凌已经有预防原子弹的知识了，林业局电影院的宣传板上，长久地贴着预防原子弹的宣传画。从原子弹的蘑菇云升空开始，第一个阶段是光辐射，第二个阶段是冲击波，第三个阶段是核污染。他们应该选择有沟的地方，两手交叉在额头前，头朝下趴在地上。那个姿势，学校里也统一排练过，大家排成了几队，一起一伏的，在唐凌的记忆里，那个场面比较壮观。

当时，唐凌觉得原子弹并不可怕，不过是"纸老虎"，他甚至希望原子弹在林业局的上空爆炸，那样，他就可以验证他的姿势是否标准了。

除了预防原子弹之外，还有一个重要的预防知识就是防特。对于防特，学校教了他们识别苏联特务的八种方法，唐凌学了之后就加以应用，时不时地观察他在路上见到的人，他多希望有一个苏联特务被他识破，那样，他就是用行动捍卫了毛主席的革命路线，在学校里也会风光起来。

头脑中绷了这根弦之后，唐凌不会在路上拾任何东西的。他知道，如果他在路上捡到糖果之类吃的东西，有可能是苏联特务放了毒药的食物。如果在路上捡到钢笔什么的，有可能是苏联特务的无声手枪或者是定时炸弹。他觉得他不会上当的。唐凌还把这个经验讲给易丹听，易丹眨着长睫毛的大眼睛，显得有些恐惧，呼吸急促起来。

到了晚上，在朦胧的月光下，唐凌就和房前屋后的小朋友聚在一起讨论当前的形势和他们的任务。如果苏联来进攻，他们该怎样为保卫祖国而作战，他们设计了若干种方案，像空中来的怎么办，坦克来了怎么办，敌人的力量暂时强大怎么办。

有时易丹也与他们讨论，比如，议论敌人从空中来吧，有的说用大炮轰，有的说用马克沁重机枪扫射，有的说做一种可以把地雷投上天的装置，用地雷炸，有的说用水压重机枪。最后，他们的想法统一了，决定用水压重机枪，他们都不懂水压重机枪到底有多厉害，所以，他们猜测水压重机枪一定是最有效的。

他们还讨论了如果苏联联合美国佬一起来进攻的对策。他们认为，可以联合苏丹、坦桑尼亚、阿尔巴尼亚一起消灭他们。他们简单地统计了一下，认为可以放心了，因为苏联和美国是两个国家，而我们是四个国家，所以，我们肯定能胜利的。

唐凌去易丹家很多次，但那都是父亲喝醉酒的时候。当时，他父亲在林业局基建处当支部书记，下了班，就和工人喝"北大荒"60度。林业工人喝酒用两大碗海喝，唐凌的父亲哪是他们的对手，但当时，干部必须联系群众，喝酒是一个很好的考验。

所以父亲回家时，常常东倒西歪的，重的时候，他就人事不知，口吐白沫。

每到父亲口吐白沫的时候，唐凌就授命拿着手电筒，深一脚浅一脚地去房后街的易丹家敲门，请易丹的爸爸易大夫来给他父亲扎针。在唐凌的记忆中易大夫是个和蔼的南方人，他个子不高，皮肤白皙，体型瘦弱。唐凌找过他很多次，每次都深更半夜的，易大夫也不厌烦。

易大夫给唐凌的父亲扎了针，等他安稳了才走，走进黑漆漆的胡同里，看不见他的人影了，还能听到他带南方口音的歌声，他总唱一个歌："东风吹，战鼓雷，现在世界上到底谁怕谁……"

也就是在找易大夫的时候，唐凌见到了趴在被窝里的易丹，在灯光下，易丹的眼睛极其明亮，有神地闪动着。

按理说，唐凌和易丹的关系由于他们父母的关系应该是友好的，而事实上，他们确实挺亲近，由于他们两家住得近，他们时不时在一起玩。可有的时候，唐凌仍对易丹有抵触的情绪，这主要是由于四妇联的孩子和五妇联的孩子长期对立造成的。四妇联和五妇联并不是行政区划，而是"文革"时遗留下来的称谓。"文革"的时候，整个林业局划分为五大块，由妇联的革命委员会管理。有点类似现在的街道办事处或大的居民委，虽然叫"妇联"，管事的也不完全是妇女。据说，"文化大革命"期间，"妇联"的权利极大，几乎是"独立的王国"一样，几个"妇联"之间，一会儿联合，一会儿武斗。尤其是四妇联和五妇联，它们所处的位置最近，差不多是混居的，可四妇联和五妇联之间的关系最紧张，1967年还发生过严重的武斗事件，动刀动枪的，死了一人，伤了几十人。

到唐凌记事的时候，四妇联和五妇联已经不存在了，人们也由行为上的对立转移到观念上的对立。由于这种观念的延续和影响，反映在四妇联和五妇联的孩子们身上，他们一直持续着对立。

在四妇联的孩子的意识里，他们认为他们代表的是正确的方面，保持"革命江山万代红"的重任在他们的肩上。而五妇联的孩子们或许认为真理在他们这一边。这样，四妇联和五妇联的孩子们常模仿着武斗的形式，打群架。

唐凌家和易丹家虽然相隔不远，却属于两个"妇联"，唐凌家在五妇联，易丹家在四妇联。

唐凌还记得打群架的情形，那是一个闷热的夏天的傍晚，他们四妇联的孩子和五妇联的孩子在县砖厂的"窑地"遭遇了。砖头瓦块横飞，叫喊声此起彼伏。当时，四妇联的孩子占据砖窑一带的制高点，而唐凌他们处在坯子墙一带。所以，形势对他们不利。所谓的坯子墙是砖厂凉砖坯子的地方，有几十趟草棚子，在草棚子的下面，码着没有进窑烧制的砖坯子，码得像大人那么高，站在砖坯子垛的后面或者迂回在那些垛子之间，就有一道城墙似的天然的屏障。那时，他们就表现出了良好的作战素养，比如，他们知道打穿插，迂回包围，抢占制高点，甚至还去抓"舌头"什么的。

那次"战斗"中，唐凌负责打穿插，他和两个小伙伴跑过一个个砖坯子墙，然后，匍匐着进了有大片蒿草的低洼处，雨天的时候，那些低洼处有积水，积水蒸发了以后，低洼的地方就龟裂出手掌大小的干泥片，在那上面爬，压得干泥片嘎巴嘎巴直响。

"战斗"持续了半个多小时，等唐凌他们到了"敌人"的后方——大烟筒的地方时，"战斗"已经结束了，五妇联的孩子纷纷逃离了"战场"，以失败告终了。

唐凌他们到达预定的地点时，他们看到四妇联的孩子们正集合在一起总结战斗经验，庆祝着胜利。就在这个时候，唐凌他们被四妇联的孩子发现了。十几个被胜利感染着的孩子大喊着向唐凌他们冲来，随即，石头泥块也雨点般地飞了过来。

唐凌他们撒腿向家里跑去。好在他们距离四妇联的孩子们的距离远，不然，后果不堪想象。唐凌快跑到家门口的时候，他突然看见了在路上站着的易丹，尽管易丹没有参加战斗，可那个时候，他看见四妇联的孩子就充满了仇恨。他将自己手里剩下的一块砖头向易丹掷去。

唐凌的砖头没打着易丹，易丹还是吓哭了。

"你为什么打我？"易丹抹着眼泪问。

唐凌也说不清为什么，他只是嘟哝着：这血海深仇一定要报！

唐凌回到家里，他才发现自己的脸湿乎乎的，用手一摸，是血。这时，他才感觉到疼痛。……那次，唐凌的头被打破一个口子，在医院里缝了四针，并且落了疤痕，那个疤痕到现在还可以看到。

那次失败，对五妇联的孩子们打击挺大，他们也由原来的一大伙分散成了若干小伙，唐凌身边就有一小伙。那时，他受军棋的启发，按军棋的官阶顺序，把他家所在的几条街的孩子们又组织起来，不想，形式起了很大的作用，就是孩子们也有适应"形式"的潜在的需要。这样，他自任司令，下面分别任军长，师长，旅长，团长，以此类推。就连炸弹和军旗也任命上了。

当时的唐凌，有点像《沙家浜》（很多大人管那叫沙家兵）里的胡司令，总共有十几个人，七八条枪。他们只有不到十个人，枪倒是有一些。那个时候，几乎每家都有枪的，当然，所说的枪也不是真枪，是红缨枪或者木制的半自动步枪，王八盒子枪等等。那些用木头刻的枪刷上油漆，跟真的似的。

人少就得发展壮大队伍，男的女的都要。问题是五妇联除了他们之外，还有几个七至十一岁孩子的小"团伙"，家住太远的不行，年龄大的也不跟他们玩。所以他们就考虑发展后街四妇联的孩子。他们这样认为：第一，后街虽然属于四妇联，但后街的孩子比较老实，不参与四妇联孩子的行动。第二，不打架的时候，后街的孩子也有同他们玩的，个别的还挺密切。基于这样的条件，唐凌他们定下一个发展后街孩子入伙的计划。当然，易丹也被列入到争取对象之中。还没有同易丹谈，唐凌把她的职务都任命了。易丹的职务是：营长。

唐凌把争取的任务分配下去，他自己也负责几个人。为了笼络四妇联的孩子加入他们的"队伍"。唐凌把他十分珍惜的画本（连环画）《钢铁是怎样炼成的》《鸡毛信》《王二小》以及一些反映越南小英雄的系列画册拿了出来，送给他争取的对象。

唐凌也送给易丹两本画本，易丹似乎对他的画本没有兴趣，对他的建议也不支持。

"要不这样，我给你提官，让你当旅长或者师长。"

易丹说她什么长也不当，就是不想和他们一起玩。

易丹喜欢看书和学习，玩的时候，也是跳格子，踢毽子和耍"嘎拉哈"。

事实上，唐凌也不是整天都研究组织队伍和研究对付四妇联"耗子"一伙什么的，他也常参与到女孩子玩的活动中。那时，除了女孩子玩的游戏之外，他们也玩打瓦，"跑马占地""天下太平"什么的。大学毕业后，有一个时期，唐凌对民俗学比较着迷，他知道小的时候他玩的打瓦属于锡伯族的风俗，而耍"嘎拉哈"是满族的风俗，跳格子并唱的大量儿歌则是山东和河北流传过来的。这是后话。

易丹虽然没有加入他们的队伍，但那时，他对易丹还没发展到怨恨上，怨恨是后来发生的事。

这样说来，唐凌东拼西凑的队伍不过是个摆设，或者说仅仅是为了把"军棋"设的职务摆满。其实，核心人物只有几个人，他们几乎是没有战斗力的。

尽管如此，唐凌和几个核心人物，大琐，二琐，黄毛他们，还是常常研究着对付四妇联"耗子"他们一伙的办法。比如，他们到铁道线上压钉子。

他们到了铁道线上，将头枕在铁轨上，听到火车从山的那边来了，就将大号的钉子放在铁轨上。火车轰轰隆隆开来了，他们站在路基下的草甸子上，火车有节奏地从他们的眼前咣当过去，车厢与车厢间的孔隙也把太阳的光线分割成一段一段的，映在他们脸上，在眼前一闪一闪的。

火车走过之后，他们就在铁轨和路基上找到被压扁的钉子。把那些被压成刀的形状的钉子用锉打一打，再在磨石上磨一磨，安在木头柄上，一把刀就成了。

武装了真刀，他们又开始研究地雷。他们研究的"雷"分好几种，比如"水雷"和"刺雷"等。所谓的"水雷"，不是海上作战用的水雷，而是他们套用的。他们的"水雷"是这样的，在四妇联的孩子经常出没的地方挖一个深坑，在土坑的里边拉屎，参上尿和水，和成屎尿汤子，然后，在那个深坑的上面搭上草木棍儿，覆蒿草，最后，将伪装的土铺上，从外表什么也看不出来，可要是踩上去，就可想而知了。"水雷"的办法是和四妇联的孩子们学的，但那也不是他们的发明，他们是跟电影《地雷战》学的，电影里有这样的镜头，日本鬼子挖地雷的时候，搂了一手的稀屎。

布置"刺雷"与布置"水雷"的方法差不多，只是，深坑里的内容不一样，在挖好的深坑里放铁丝网截下来的刺棱，或者用一块木板钉钉子，放在里面。如果不小心踩上去，脚就会被钉子扎坏。这个办法是在歌颂越南小英雄的连环画上学的。

除了"水雷"和"刺雷"的方法之外，唐凌还想比四妇联"耗子"他们高明一些，他们要研制真正的地雷，就是用炸药的地雷。方法同样是从电影《地雷战》里学的，他们知道民兵制造炸药的成分是"硝三、硫黄四、木炭五"。于是，他们开始收集研制地雷的材料。

木炭好收集，一般的家庭都有，硫黄也好办，电线杆子上的电柱里就有，把白瓷的电柱捣碎，电柱里连接铁钩子的部分就是硫黄。

木炭和硫黄收集好了，但是，他们搞不到硝。他们想出的替代的办法是用点"药引子"。

这样，他们就到火车站的煤场去，在小山似的煤堆里捡到导火索和哑了的雷管。他们把那些东西里的黑色火药扒出来，拌在木炭和硫黄里，他们觉得自己研制的炸药就完成了。

火药实验那天无疑是他们一个隆重的节日，他们约好早晨五点起来，到砖瓦厂后面的菜社大地上实验。以往，唐凌在五点是起不来的，那天，唐凌在后半夜就睡不实，过一会儿醒一次。他原以为另外几个小伙伴会迟到的，不想，唐凌到了他们约定的地点时，大琐、二锁和黄毛他们比他来得还早。

早晨的大地上有溟蒙的细雾，雾很快打湿他们的衣裳。唐凌记得那片地种的是土豆，土豆的秧子是皱皱巴巴的，开蓝色偏紫的花儿。他们就在一个雨水冲击出来的大沟里实验他们研制的炸药。

炸药被导火索点燃了，但没有像他们想象的那样会爆炸或者燃烧出原子弹那样的蘑菇云，只是起了黄色的烟。这种情况下，唐凌他们就从隐蔽的地方出来了，他们走进了火药堆，蹲了下来，以便仔细地进行观察。不想，"轰"的一下，另外的一些"炸药"也燃烧起来，一股刺鼻的气浪扑面而来，把唐凌和黄毛的脸烧了。额前的头发、眼睫毛都烧焦了。虽然，烧得不重，可到了晚上，脸火辣辣地疼。

在他们实验失败的同时，另一件事的发生如同雪上加霜。

易丹把唐凌他们砸电柱的事告诉给唐凌的父亲。无论从安全的角度还是保护公共设施的角度，唐凌都逃不过父亲那一关的。结果，父亲狠狠地扁了唐凌一顿，他的屁股被打得像馒头似的，过了三天还不敢坐硬东西。

唐凌对易丹恨透了，他把整个账记在易丹的头上。

后来，他鼓动黄毛去欺负易丹。黄毛就把老头苍子扔在易丹头上，老头苍子是一种植物，它的果实像古代小说上写的滚地雷一样，长满了刺，扔在人的头上，特别是长头发上，极不易摘下来，摘的时候就扯着头发疼。

易丹刚把头上的苍子摘下来，黄毛又扔上一些，她再摘下来，黄毛再扔上去……易丹就哭起来。

唐凌并没觉得出了气，他还施计让易丹走他们设置了"水雷"和"刺雷"的路，他想让易丹踩到水雷，以给她教训。

施计那天唐凌就跟在易丹身后不远，眼看着易丹走到他们设置的"水雷"上了。不想，他的注意力全在易丹身上，结果，自己踩了刺雷。钉子穿透胶鞋底，把他的脚扎出血来。

这时，易丹跑了过来，易丹对唐凌说："快，用鞋底打，把带菌的血抽出来，不然就感染了。"

唐凌哭咧咧地坐在地上，用胶鞋的底抽打起自己的脚，把脚打麻了为止。

那个时候年龄小，等唐凌的屁股不疼了，脚也好了的时候，他就不太记恨易丹了。同时，也有另外一个原因，他已经面临着四妇联"耗子"一伙的挑战。

事实上，唐凌用军棋的序列组织的"队伍"，不过是徒有其表，虚张声势而已。然而，正因为他们有了声势，才引起"耗子"他们的注意。没多久，"耗子"他们就让人给唐凌捎信，正式向唐凌他们提出挑战。而唐凌指挥的松松垮垮的队伍是上不了"战场"的。所以，如果"交战"，他们必然以惨败而告终。

那天晚上，林业局电影院放电影，电影院一般半个月放一次电影。那天放的是朝鲜电影《卖花姑娘》。这个电影唐凌看过八次了，尤其是电影里的插曲，小伙伴都会哼哼。

有电影就得去看，就在他们结伴去电影院的路上，与四妇联的"耗子"他们一伙相遇了。结果，战斗还没有打响，他的手下就纷纷溜之大吉，只剩下唐凌和黄毛。

耗子大概比唐凌大两岁，他们受唐凌的启发，也按军棋的序列组织了队伍。他们的人多，能打仗的孩子也集中。他们把唐凌和黄毛围在中间，耗子对他俩说："如果你们叛变过来就饶了你们。"

黄毛害怕了，他说他可以"叛变"。

唐凌当然不能"叛变"，他认为叛变是最可耻的事，革命者应该宁死不屈（那时还有一个罗马尼亚的电影叫《宁死不屈》）。

耗子见唐凌不说话，又说："你叛变过来，我可以让你当连长。"

唐凌说："不，我宁死不屈。"

耗子生气了，对手下人挥了挥手，说："上！"

话音一落，唐凌就觉得眼前一黑，他被打倒在地。几乎在同时，四五个孩子压在他的身上，拳打脚踢。唐凌觉得自己完了，他还没喊万岁就有可能光荣了。就在这时，他摸到口袋里的钉子刀，他拿了出来，胡乱向外面划着。他听有人喊了一声："妈的，这小子动刀了。"

接着，他身上的人也散开了。唐凌也趁机跑出了"包围圈"，一口气逃回了家。

那之后，唐凌的部下不是"叛变"到"耗子"那边，就是退了出去，"革命事业"处于低潮。他也成了真正的光杆司令。与此同时，耗子那边也放出风来，说见到唐凌就会给他一军用刺刀的。

没有人再跟唐凌一起玩了，日子变得漫长起来，他也十分孤独和落寞。白天，他常围着前后院的板杖子转，看人家侍弄豆角和黄瓜。有的时候没有人，他就看路上的公鸡和母鸡，或者跟着蝴蝶的后面跑，希望捕到一只。

一天，他在板杖子周围转的时候，易丹突然出现在他的面前。易丹手里拿着捕蜻蜓的沙网，对他说："你想跟我去逮蜻蜓吗？"

唐凌当然愿意，他们就到了砖瓦厂那片向日葵地里。唐凌还恍惚地记得，那是余晖染遍向日葵林的时候，他终于有了无拘无束的笑声……

接下来的日子里，唐凌的身边就剩下易丹了，易丹教会他剪纸，把那些花花绿绿的纸剪出各种各样的动物生肖图案。在易丹那里，唐凌还知道以前从不知道的知识，比如，唐凌一直认为自己是父亲在山里河沟的石头堆里拣来的，易丹修正了他错误的认识。再比如，人类是从哪里来的？他们生存的地球之外还有很多星球，有浩渺无垠的宇宙……

那个时候，他们都不知道差涩，在一起疯跑着，也在一起吹口琴，那个口琴是易大夫的，易大夫常吹一些辽远而忧伤的曲子。易丹常常是趁易大夫不在的时候把那个"宝贝"拿出来，她和唐凌一起吹，她自己吹一会儿，给唐凌吹一会儿……

所有那些事都发生在唐凌一年级升二年级的那个暑假，那个暑假是他终生难忘的。若干年后，唐凌回忆起童年，他的心里仿佛布满了伤痕，仍隐隐作痛。他觉得，那时的他就像幼小的树苗一样，正是需要阳光雨露滋润的时候，可事实上，他以及"耗子"过早地经受了在他们那个年龄所不应该有的风吹雨打。那个时候的心灵是稚嫩的，承担不了那么重的分量。好在有了易丹，易丹仿佛是他头顶上铅状的密云间的一缕阳光，使他的童年不尽是暗淡的，他坚硬而破损的心灵得到软化和修补。几十年后，唐凌想起九岁那段往事，仍觉得心里暖暖的，仿佛自己的心浸泡在童年单纯透明的世界里……

局长在桌子上敲了敲茶杯盖儿，提醒着唐凌。

唐凌对局长笑了笑。

局长问他："你昨天是不是没休息好，我看你的注意力非常不集中。"

唐凌说："咱们只是听听情况。"

局长说："那也应该做做记录。"

唐凌点了点头，说："好。"

唐凌上三年级的时候，男孩子和女孩子就不在一起玩了，见了面也不说话。也许那时他们已经有了朦胧的性别意识，反正大家都那样，谁说话了，就会被别人笑话，还可能传出一些闲话来。

在唐凌所在的班级里，易丹的学习成绩最好，尽管那时不注重学习成绩，注重的是思想改造程度，学校也不怎么抓学习，经常领着大家去学校后面的菜地里学农，或者到林业局的大修厂学工，可易丹还是十分显眼的，加上她是班级里最漂亮的女生，必然引起一些人的嫉妒。

唐凌还记得易丹和她同桌吵架的情形，易丹的同桌叫宝子，也是个女生，她经常欺负易丹。一次，她欺负易丹欺负得过分了，易丹就同她吵了起来，吵着吵着，她们就动起手来，彼此都把对方的脸抓破了。

叫宝子的同学觉得她不该吃亏，就大骂易丹是破鞋，她认为易丹的妈妈是破鞋，她的女儿就应该是破鞋。

易丹哭了起来，她说不是别人说的那样，她妈妈不是破鞋，她妈妈是冤枉的。

宝子就对围着看热闹的同学说："她说谎，谁不知道她妈是破鞋，没脸见人才上吊的。"

围观的同学就在一旁起哄。

易丹争取不到同学们的支持，就更加委屈，她趴在桌子上呜呜地哭，哭得伤心极了，双肩一抖一抖的。

当时，唐凌也在围观的同学中间，他已经长得人高马大了，在班里男孩子中间有一定的威望。如果他出面帮助易丹的话，易丹就不会受那样的委屈，甚至没有人敢欺负易丹了。尽管他在内心里想帮助易丹，可不知为什么，他没有勇气做出任何表示。

易丹在四年级的头半学期就随易大夫搬家到了"沟里"的曙光林场。易大夫在曙光林场找了一个老伴，他也调到曙光林场卫生所当医生。后来唐凌知道，易大夫是中国医科大学59届的毕业生，在整个林业局医务界，他的学历是最高的。

易丹转学后，他再也没见到易丹。

就那样，一年一年过去了，唐凌混完了初中，毕业后就到贮木场干临时工。那年，唐凌虚岁十六岁，跟工人师傅配合用电锯锯木头，有的时候，还抱板皮什么的。当时，社会上没有更多的出路，只有早一点干活，才可以熬"工龄，"积累了工龄才能在招工或者征兵的时候排上号，而招工和招兵是唯一的出路。

唐凌在贮木场里干活时学会了抽烟，也学会了喝酒。他除了劳动之外，就和工人师傅蹲在地上画一个五条线交叉的格子，一个用石子一个用小木棍儿，玩起了"五道"，无聊的日子就打发了。一转眼，大半年的时间过去了。

一个阳光温和的下午，唐凌又在贮木场的绞盘机下玩"五道"，这时，他发现路边有一个姑娘在观察他，他也觉得那个人十分眼熟。

"是……唐凌吗？"

唐凌想起来了，是易丹。易丹已经长高了，变成了大姑娘。当时，唐凌心里一阵紧张，又一阵激动。那时，他对易丹已经由朦胧变得清晰了。

唐凌站在易丹对面，他显得畏手畏脚的，特别不好意思。当时，唐凌穿着露出膝盖的裤子，浑身油乎乎的。

"你工作啦？"易丹问。

"是啊，"唐凌懒散地说，"不工作又能怎么样！"

"现在恢复高考了，你还不知道？"

"恢复高考又怎么样，和我也没什么关系。"

易丹说："你那么聪明，不应该荒废学业的。"

唐凌愣住了，他没有想到易丹会那样评价他。他呆愣了好半天，才问易丹"现在在哪儿。"

易丹说她在县里的重点高中上学，明年参加高考。

"我希望你也能考上。"易丹临走的时候说。

见了易丹之后，唐凌的心活了。后来，他果然又重新读了高中，并在易丹考上大学的同一年，他也考上了大学。

应该说，在他人生迷茫的时候，易丹给他指了一条路，她一直是他生命之中的关键人物……

中午到了，参加会议的人簇拥着向餐厅走去。局长问他是不是不舒服，如果不舒服就去医院看看。唐凌含混地说："问题不大。"

本来，唐凌想在中午的时候去世纪街邮局，局长知道他"问题不大"，所以吃过饭之后，就约他打扑克。反正中午是休息时间，总要找点事做。

唐凌不好推辞，就陪局长进了宾馆的"康乐游艺室。"

坐下来抓扑克牌的唐凌不时地分心，他一会儿想到晓凯，一会儿想到易丹，他非常希望在这个时候，他的传呼或者手机响起来。

第九章

　　夏乃红同郭海洲相识，也是请郭海洲做特约嘉宾的时候，郭海洲优雅的仪表，从容风趣的谈吐，和间或表现出来的高深见解，一下子就把夏乃红吸引住了。

　　夏乃红与郭海洲通过电话之后，已经是中午了，她看了看窗外的天空，觉得天气发生了变化。她记得早晨还阳光明媚的，上午的天空也格外晴朗，而这时，窗外的光线显得混沌，有温吞吞的感觉。

　　夏乃红离开家，提早到了单位。夏乃红到单位的时候，窗外开始下小雨。夏乃红对雨天是特别敏感的，每到雨天，她就会产生一种朦胧的，还多少带点忧伤的情绪。

　　在雨天里，她体内孕育着一场风暴，那种风暴来临前的张力在左突右冲着，但那风暴似乎一次也没有爆发过，每到这个时候，夏乃红都希望那个风暴爆发起来，无论产生什么样的后果，她都不怕。

　　问题是，那个风暴并不爆发，它只是在夏乃红的体内徘徊着，使她周身笼罩着失意的情绪，仿佛置身在一派荒凉而疏落的、令她伤感的时空之中。

　　这时，夏乃红又想起了郭海洲，在她忧郁的时候，她非常希望与她亲近的人在一起，如同一个飘浮在空中的无依无靠的灵魂，她的灵魂需要依托。

　　夏乃红给郭海洲拨了电话。

　　"没想到我又给你打电话吧？"夏乃红说。

　　"小红啊，"郭海洲的声音仍充满了磁性，"你不是还想给我过生日吧？"

　　"当然，如果你愿意。"

　　"我看还是算了吧。"

夏乃红把电话从脸的一个侧面换到了另一个侧面。她的声音柔和了一些："海洲，你现在忙什么？"

"也算不上特别忙，就是常规的那些事。"

"我是说现在！眼下。"

"我说的就是现在，我在例行公事，看学生整理的资料……"

"噢，忘了你是硕士生导师啦。"

"……你又笑话我！"

夏乃红说我没有笑话你的意思，我在说正经事。"海洲，我们有多长时间没见面了？"

电话的另一端好像犹豫了一下，然后说："不算太久吧。"

"四个月零八天。"夏乃红口齿清楚地说。说过之后，夏乃红的声音又和缓了些。"你不觉得时间挺长吗？"

"是，是有点长了。"说完，郭海洲又笑起来。

"那么，你不想约我一下吗？"

"当然啦，只是这几天，你是知道的，这个季节是我最忙的时候……"

"可我记得你说，忙通常是人们的借口，重要的是看哪件事应该去忙……"

"小红啊，你别说了，我现在正式约你，晚上请你吃饭怎么样？"

夏乃红笑了，说："我得说明，并不是我要求你这么做的啊。"

"当然啦，约请你的是我，又不是你邀请我。"

夏乃红故意拿姿作态，说："好吧，看你的态度还好，就给你一个弥补自己的机会。"说完了，夏乃红觉得自己的表达挺准确的，她只说了"弥补自己"，但没说弥补什么，这点非常重要。

"不过，"夏乃红接着说，"我希望快一些见到你，四点吧，我下了节目就希望在电台的门口看见你。"

郭海洲还没有说话。夏乃红又小声说："我都想你啦……"

郭海洲似乎犹豫了一下，最后说："好吧。"

说起来，夏乃红和郭海洲的相识也很偶然，或许是崔大伟给她生活带来的震动太大了，崔大伟内心深处有严重的"情结"，夏乃红隐约地觉察出那个"情结"是教育和知识给崔大伟形成的压力，并由于深层的困惑而产生了认识上的扭曲，所以，崔大伟的行为才那么异常，甚至病态。作为崔大伟知识"情结"的受害者，她完全更容易走向另一个极端，把那个极端作为她遗恨记忆的一种反叛。

从这个意义上说，郭海洲出现在夏乃红的生活之中也不是偶然的。

郭海洲是一所大学里最年轻的教授、系主任，他的名片的一面印着名字，名字后只有一排小字：博士。而名片的另一面就不一样了，印了密密麻麻的头衔，比如什么委员，学会会员，什么大词典入典者等等。

这样看来，郭海洲是典型的经院式的知识分子了。实际上，郭海洲特别注意同社会生活的融合。按他自己的说法，把学问俗世化才有意义。他广泛参加社会活动，成了活跃的学者型的"公众人物"，比如，他常以"专家"的身份写文章，以学者的身份到电视台、电台做特约嘉宾，他对老百姓的衣食住行都关心，结合理论的角度，并以通过普及化的方式加以论述和指导。

夏乃红同郭海洲相识，是在请郭海洲做特约嘉宾的时候，郭海洲优雅的仪表，从容风趣的谈吐，和间或表现出来的高深见解，一下子就把夏乃红吸引住了。

下了节目，夏乃红主动请郭海洲吃饭，郭海洲愉快地答应了。

吃饭的时候，郭海洲的谈话非常主动，他的眼睛里闪烁着异彩。他在谈他对一些问题的看法的时候，非常巧妙地把自己"耀眼"的一面给推销出来了。他喜欢说譬如，譬如那次我如何如何……就把自己带出来了，他显得漫不经心，实际上，在漫不经心之中，已经在夏乃红这边形成了完整的形象。

夏乃红目光专注地望着郭海洲，每提出一个问题之后，都像小学生那样双手托着下巴，静静地等待着郭海洲的看法。

郭海洲说，把自己束之高阁是不聪明的，譬如，有的人搞调查、披阅大量的资料，写了一篇一万字的论文，花费了半年多的时间和心血，最后，好不容易在刊物上发表了，稿费是千字四十元，总共才四百元。可结合社会需求就不一样了，帮别人写一个宣传策划文稿，数据是现成的，书写格式也是现成的，花一两个晚上就可以完成，起码可以得到五千元的报酬。这很容易算出来，劳动价值和价格并不总是一致的。

"看起来，社会分配不公是不是？也不完全是，市场经济有市场经济的规律。从这个角度来说，也给我们做学问的人一些启发。"

"有道理。"夏乃红微微颔首。

"我不认为做学问就必须和贫寒联系在一起。"郭海洲说的时候甚至有些激动，"对美好生活的追求是我们每一个人的权力。"

谈到对爱情的看法，郭海洲也是滔滔不绝的。他说："我觉得在很多人看来，爱应该是完美的，其实，爱也有她恰当的和正确的位置。"

他说爱应该回到人间，回到具体的人身上。很多人将爱和完美联系在一起，是由于对爱的理解来源于诗词歌赋，来源于理想的神话和童话、浪漫的故事和传说。爱在一些人那里成了美好甚至完美的代名词，爱的含义也与纯洁、神圣、无私奉献等混淆了界限，然而，美好应该仅仅是爱的一部分，而不是内容的全部。

就整个生物界而言，"爱"的时期就是危险期，无论动物界残忍的角逐还是昆虫界的蚕食都与我们人类所说的"血腥"有所联系。在那个期间也是生物界被另类大面积捕杀的"壮观时期"，有的肉食动物就是在那一时期补充了一年的营养。

尽管如此，"爱"的力量是巨大的，它几乎可以冲破一切威胁和阻隔，真正体现出了生命的力量所在。

"爱"到了人类这里，它被升华了，同时是不是也有这样的问题：也部分地被思想和观念淹没了。当我们局部地放大或者无节制地扩展那些观念时，真爱已经丧失了淳朴的真实和本色。还是由于观念使然，爱被接受成美好的"化蝶"般的愿望，以及流淌在星级酒店大厅里浪漫的"罗密欧与朱丽叶"的曲子。

你读过《飘》吧，改编的电影是叫《乱世佳人》。由于小说而成名的作者玛格丽特·米切尔，最初嫁给了颇具魅力的瑞德，而瑞德是一个放荡、投机钻营、脾气暴虐的坏男孩。他们两人的问题终于随婚姻的结束而解决了。与瑞德分手后，玛格丽特嫁给一位诚实可靠的男人，同时失去了爱的激情。在没有感情的生活里，玛格丽特用写作来释放自己的生命欲望，于是有了《飘》。《飘》中的白瑞德也许就是瑞德。后来，瑞德破产跳楼身亡，得到消息的玛格丽特精神恍惚，终死于车祸。在文学大师列夫·托尔斯泰身上，他婚姻的不幸同他的文学遗产一样流传了一个世纪。他几乎用了大半生的精力同他"刁蛮"的妻子进行着难以调和的斗争，即便到了耄耋之年，还流落到一个小站，孤独地客死异乡。尽管如此，托尔斯泰还是没有离开他的妻子，他们的恩恩怨怨成了"爱"的内容，就是这样一个妻子，为托尔斯泰生了诸多的儿女，并将百万言的《战争与和平》抄写了三遍。

这样的例子太多了，比如古希腊的哲学家亚里士多德，比如美国著名的总统林肯等等。他们的爱情和婚姻都有悖于我们的理想和期望。除了名人，大千世界中素面朝天的平头百姓何尝不日日面对爱情与婚姻中的恩恩怨怨？而秘密也许正在于此，当"爱"从观念的高阁中回到现实生活中，它才鲜活起来，它才有真正的意义……

夏乃红已经被郭海洲给迷惑住了，同时也看出郭海洲有些矫揉造作，不过她还是故意表现出天真的表情。

吃完饭的时候，郭海洲主动去结账。

夏乃红过去阻拦郭海洲，说："说好了是我请你的。"

郭海洲说："你请我没错，你请客，我结账，这样也公平。"

夏乃红说反正不能让你结账，不然，我会有想法的。

郭海洲笑了笑，说："那好吧，我欠你一个人情。"

出了酒店之后，郭海洲提议要送夏乃红，他说送的问题你就不和我争了吧？

于是，郭海洲打的送夏乃红回家，到夏乃红家的时候大概是晚上九点左右，居民楼下还有三三两两的行人。郭海洲坚持要把夏乃红送到楼道口儿。

夏乃红也没有过分推辞。

令夏乃红感到突然的是，郭海洲随夏乃红走进楼道口的时候，郭海洲一下子就把夏乃红抱住了。夏乃红本能地抖了一下身子。

"别这样。"夏乃红说。

郭海洲的手松开了。

夏乃红并没有立刻上楼，她小声对郭海洲说："这样，有点太快了。"

夏乃红的话以及她说话的声音无疑给了郭海洲鼓励，郭海洲又把夏乃红搂住了，与此同时，夏乃红也把手搭在郭海洲的胳膊上。

"爱弥尔说，爱是最神圣的理由。"郭海洲吻夏乃红的时候说。

夏乃红就把郭海洲的脖子抱住了。

就在他们忘我地拥抱接吻的时候，一个大概住这个门洞里回家的人，匆匆忙忙来到楼道口儿，他险些撞到郭海洲和夏乃红身上，那个人一定没有想到楼道口里会有两个人，乍一看黑乎乎的，就吓得"啊"了一声。

那个人镇静之后，才绕着他们上了楼。

　　夏乃红当时特别想笑，本来，受惊吓的应该是他们，现在整个儿反了。不过，夏乃红还是忍住了笑。

　　夏乃红用好听的声音对郭海洲说："你回去吧，不然，我会堕入情网的。"

　　"我已经堕入情网了。"郭海洲说。

　　"还是，回去吧！这样，不安全。"

　　郭海洲又来搂夏乃红，夏乃红推了他一把，说："今天不行！"

　　"除了今天呢？"

　　"你不要问我，我不知道！"

　　郭海洲笑了，说："好吧，不过我要确定你安全地回到家之后，我再走。"

　　夏乃红又在郭海洲的脸上快速吻了一下，转身向楼上跑去。

　　几分钟后，夏乃红打开了五楼的阳台窗户，对郭海洲摆了摆手。

　　郭海洲这才迟缓地离去。

　　那一夜，夏乃红睡不着，她看了两盘 VCD，熬到下半夜一点，她还是睡不着，无奈，她就找了一本看了容易让人瞌睡的小说来读，直到眼睛疲劳的时候，她才恍惚着睡去……

　　第二天上午九点半，夏乃红正要给郭海洲打电话，她还没拿起电话，电话铃声响了起来，是郭海洲打来的。

　　"我在你家楼下。"郭海洲说。

　　"可是，我还没起床呢。"夏乃红故意说。

　　"用不用我帮忙？"

　　夏乃红笑了，说："不行，那样是危险的。"

　　"我已经到了你家楼下，你不请我进去坐一坐吗？"

　　夏乃红说你等等，她换了无绳电话，来到阳台上。果然，她看见郭海洲在楼下的花坛边站着。

　　"可我并没有约你呀？"夏乃红拿腔作调地说。

"我是被心灵指引着的。"郭海洲把声音压得更深沉。

郭海洲并没有发现夏乃红在阳台上偷窥他。

夏乃红说:"好吧,我总不能忍心看你在外面飘荡,不过,你得二十分钟以后上来,我说过了,我还没起床。"

"我有耐心。"郭海洲说。

夏乃红放下电话,她动作麻利地规整了凌乱的卧室,把饭厅桌子上的脏盘子和杯子统统扔到碗橱里。她还拿起空气清新剂在几个房间里喷洒了一圈。这些都是在短短的二十分钟内完成的。在二十分钟内,她还给自己施了淡妆。

郭海洲来了,他小心翼翼地推夏乃红虚掩着的房门。

房门开了,郭海洲一进屋就把房门关紧。接着,就把夏乃红抱住了。夏乃红迟疑了一下,也把郭海洲抱住了。

她们急风暴雨一般盘结在了一起……这一过程几乎是没有语言的。

郭海洲把夏乃红抱到了床上,他们都是成熟的男人和女人,他们知道接下来该干什么。躺在床上的夏乃红看着一层层往下脱衣服的郭海洲,她想,其实在昨天,这些就已经发生了的。郭海洲浪费了那么多的口舌,绕了那么大的弯子,而她也一样,忸怩作态的,浪费那么多纯真的表情……或者说,在她和郭海洲做节目的时候,在目光交流的过程中,就已经注定这件事的发生了。

崔大伟死后,差不多十年的时间,夏乃红还没有这么冲动和投入过。躺在床上的她都有些担心自己适不适应了。

郭海洲呼吸急促地爬上了床,重重地压在夏乃红身上。

令夏乃红感到奇怪的是,郭海洲的幽默感和睿智的语言没有了,郭海洲显得十分紧张,他大睁着眼睛,动作简单而粗糙地对夏乃红做着爱抚的动作。整个过程中,郭海洲没有说一句话。

夏乃红还没有足够的心理准备的时候,郭海洲已经开始行动了。

他的动作来得猛烈，夏乃红有了绞痛感。夏乃红咬着下嘴唇，努力忍耐着，她想，这可能与她很长时间没有性生活有关。

夏乃红有了坚持下去，并自我调节、主动配合郭海洲的心理准备。不想，郭海洲只是猛烈了几下，就不行了，全军溃败。

郭海洲气喘吁吁地从夏乃红身上下来。他不停地道歉："真对不起，我过于紧张了。真对不起，本来，我的床上课是合格的。真对不起……"

夏乃红用手在他的脸上抚摩了一下，柔声说："没关系。"

"你放心，"郭海洲说，"以后我会让你满意的。"

同郭海洲有了不成功的一次之后，夏乃红挺长时间对自己充满了疑问，她想，是不是自己出了问题了呢？她甚至对性生活有了厌倦感。不过，那个时候，郭海洲在一个月之内总要找她几次。他们就在她的房子里幽会。她觉得自己算得上是个称职的情人，郭海洲来之前，她烧好了热水，还在郭海洲大汗淋漓之后给他冲咖啡奶，准备两个煮鸡蛋。

夏乃红尽心尽力去做这些，并不是对郭海洲有什么更长远的期待，或者更高的要求。郭海洲并没有给她带来极大的快乐和满足。她也仔细想过，她对郭海洲的依恋也许是自己造成的，她把郭海洲作为一种理想来放大，以至形成了一个概念。也就是说，她爱的是郭海洲博士这个概念，而不是具体的人。

郭海洲似乎也不是想与她有一个明确的结果，郭海洲比她大八岁，有一个比他大一岁的妻子和已经上了初三的儿子。郭海洲这样对夏乃红说："我们保持着情人的关系，才能使爱更长久些。"

"你没想过要娶我吗？"夏乃红故意这样问郭海洲。

郭海洲说："小红啊，在婚姻面前，所有的男人和所有的女人都是一样的，只有情人才可以感受到差别。如果我娶了你，你就会厌烦我的。"

夏乃红说我宁愿冒这个风险。

"可我不行。"郭海洲说，"我不想失去你。"

而事实上，在夏乃红对床上的事有了兴趣的时候，郭海洲反而来得少了。郭海洲就像人迹罕至的森林的闯入者，他把森林的平静打破了，自己也渐渐退缩了。夏乃红不知道这是不是所有男人的天性，反正，郭海洲就留给她这样的印象。

后来，夏乃红主动给郭海洲打电话，郭海洲接电话时也客客气气的，但他会找一些恰当的借口来推托或者解释不能赴约的原因。夏乃红察觉到了郭海洲的冷淡，她也不再对郭海洲纠缠，就顺其自然了。

夏乃红和郭海洲的"情人"关系保持了好几年，没有其他的人知道，除了吴小楠。吴小楠了解他们中间的一些情况后，吴小楠说她不认为郭海洲是个好男人。夏乃红说只能如此了，现在的情况是，丈夫都没有多大的选择面，不要以为选择情人的面就宽了，从某种意义上来说就更窄了。

吴小楠说："你要是听我的意见，我建议你找一个有责任心的男人出嫁，不要玩情人那类游戏，很危险的。"

夏乃红说："我对婚姻有了恐惧症，恐怕这辈子是难以医治了，除非另一种情况出现。"

"什么情况？"吴小楠问。

夏乃红怪笑起来："除非，你把唐凌让给我！"

"坏丫头，不许你打我老公的主意。"

夏乃红下节目的时候，已经接近四点了，她站在三楼的走廊里向楼下张望着。以前，郭海洲等她的时候，一般都站在电台对街的小拉面馆的胡同里，像老电影中的地下工作者一样，东张西望的。夏乃红站在三楼的窗口前，正好可以看到他。

约定的时间到了，郭海洲并没有出现在他应该出现的地方。夏乃红的心情随即沉闷起来。就在这时，夏乃红的眼睛一亮，她突然看到了安浩的身影。

在电台大楼门口正对着的小广场上，安浩在一辆黑色的"奔驰"轿车的车门前站着，那个车门是半开着的，他的手里拿着一把透明的雨伞。

夏乃红可以肯定，安浩是在等她。安浩没有给她打电话，他为什么采取这样的方式？夏乃红一时还想不清楚，不过，这种方式最对夏乃红的心思，她喜欢意外的东西，尤其在这样一个令人内心思虑缠绵，充满了动感的雨天。

夏乃红想，如果郭海洲在约定的时间里不出现在她的视野之中，她就不领会他们的约定，而是去楼下见安浩。

四点二十分左右，郭海洲才给她打来电话，他说他家里有点急事，所以耽误了时间，请她原谅什么的。

"现在，我马上打车过来。估计二十分钟就到，请你下楼等我。"

夏乃红没说什么，就把手机关了。她决定给郭海洲一个软钉子，让他白跑一趟。作为对他失约的报复，她还决定去见安浩。

反正不管在见了安浩之后她是不是改变了主意，不随安浩走，她也不在单位这儿等郭海洲的。她下了决心。

这样想的时候，夏乃红就下了楼。

夏乃红一出大楼，安浩就看见了，他笑嘻嘻地迎了过来。

"你怎么在这儿？"夏乃红表情意外地问安浩。

安浩已经给夏乃红掌了伞。他说："我一直在这儿等你。"

"等我？为什么？"夏乃红故作意外。

"我不是说要请你吃饭吗？"

"可你说首先打电话的。"

"我觉得你更喜欢我这种方式。"

夏乃红瞅了瞅面带微笑的安浩，说："你又猜错了，我不喜欢没有准备的约会。况且，我已经约了别人吃饭。"

安浩说："那没有关系，我送你一程总可以吧。"

夏乃红的表情告诉安浩这样的信息，她十分犹豫，她还做了一番思想斗争。最后，夏乃红才下了决心，咬了咬嘴唇，才就上了安浩的轿车。安浩很绅士地为夏乃红关上车门，然后，从车子的后面绕了过去，坐到"司机"的位置上。

车开动了，出了广播电台楼前的广场，安浩才问夏乃红：

"现在，去什么地方？"

夏乃红说："这个我应该问你啊！"

安浩会意地笑了。

"奔驰"轿车驶出广场的时候，夏乃红给郭海洲挂了传呼。夏乃红让传呼员给郭海洲留言是：

——我今天也有事，你就不用来接我了。

第十章

　　易丹坐在树林下的横木上，她没打伞，也没穿雨衣，唐凌不知道她为什么那样。他看到的是一幅忧郁而伤感的画面，那个画面中的易丹极其凄美，深深地印在他的记忆之中。

　　下雨那天午后，唐凌继续在海天宾馆开那个争论不休的会议。由于唐凌想心事，他几乎没有发言，结果，他反而赢得了很多人的好感。

　　事实上，唐凌对与会者对他的反应如何并不关心。他的心思浓重，远比窗外雨天的色彩还要浓重。

　　到大学报到之前，唐凌去了一趟曙光林场，探望了易丹。唐凌记得那也是一个雨天，不过，那是秋雨，雨水落在人的身上，令人彻骨生寒，加上从两山之间的沟膛里吹来的山风，冷风冰心。但那个时候，唐凌的心是火热的。

　　易丹家在林场小学的后面，她家的房后就是山，那些山上种植了一些红松，大概有四五年的样子，松针还绒嘟嘟的。同林场里很多家庭一样，易丹家也是红砖瓦房，有柞木板杖子，门口立着高高的落叶松杆子，那杆子是过大年（旧历除夕）时挂灯笼用的。唐凌去的时候，那个孤独的高耸着的松木杆子顶端挂了一个三角形的旗，那个旗子已经退了色，显得十分灰旧。

　　易丹家的院子也是长方形的，院子里有猪圈，窗户下有砖砌的鸡舍，而院子的开阔地带晒着玉米穗，那天下雨，所以，成堆的玉米穗上盖了遮雨的帆布。当然，易丹家也少不了有木耳椴，刚去易丹家的时候，唐凌没有发现木耳椴，后来出门，才看到她家西面的杖子外，有一大片木耳椴。

　　唐凌当时这样想，瘦弱的易大夫是怎样适应林场的环境的？他纤细灵巧的手是怎样干那些粗活儿的。林场卫生所几乎没有什么像样的病人，重病号都转送山下的医院。

易大夫真的就和林场的其他职工一样，半林半农地日出而耕，日落而息了。多少年以后，唐凌还想过这个问题。易丹父亲在大学的同学大概都在大城市里的大医院工作，他们已经成了教授或者专家，他们的皮肤由于营养良好而泛着光泽，他们的表情由于受到过多的尊重而表现出冷峻。他们或许在回忆的时候还能记起一个姓易的同学，但那仅仅是一个概念了。当初，他们是不是在同一个起点上呢？

唐凌见到易大夫的时候，易大夫已经苍老了，他谦逊而友好地对唐凌笑着，说："听易丹说你也考上大学了。好小子，不熊！"

易大夫说话时不自觉带了林场的习惯用语，尤其是最后那句。唐凌的心情十分沉重，他想，这仅仅是一个人命运的问题吗？如果不是，那是什么呢？

唐凌在易丹家还见到了易丹的继母，她的继母矮胖，有严重的罗圈腿，脸长得还行，比林场里其他家庭妇女白净一些。唐凌进门的时候，易丹并不在家。她的继母热情地对唐凌说："她同学，易丹可能在房后的山上。"她继母是山东口音。

唐凌出了易丹家的院子，顺着一条覆着车前子的小路来到易丹家的房后。拐过院子时，唐凌就看到了易丹。易丹坐在树林下的横木上，她没有打伞，也没穿雨衣，唐凌不知道她为什么那样。他看到的是一幅忧郁而伤感的画面，那个画面中的易丹极其凄美，深深地印在他的记忆之中。多少年之后，那个画面对唐凌来说仍然新鲜如昨，清晰而完整。

当时，在唐凌和易丹之间，有一个原木搭的小木桥，小木桥的下面是一个不到两米深的土沟。那个土沟是下暴雨的时候，顺山而下的山涧水冲击而成的。现在虽然下雨，但不是形成山涧水的季节，那个沟里没有水。

易丹并没有发现唐凌。跟在唐凌身后的易丹的继母对易丹喊："小丹，你同学来了。"

易丹抬起头来，唐凌看到，易丹的头发被雨水浸湿了，搭在额头上的头发一绺一绺的。

"别过来！"易丹大声说。

唐凌在小木桥前停了下来。

"桥上滑，走不好会摔下去的。"易丹说。

唐凌不听那些，他像走钢丝的人那样，伸开了两手，摇摇晃晃地走了过去。

"你怎么在这儿淋雨呐？"唐凌来到易丹跟前，问她。

易丹没回答唐凌的问题，她反而问唐凌："你怎么来的？"

"坐车来的。"

"不是，我问你怎么想到我家来的。"

唐凌抹了一下脸，笑着说："我来告诉你我考上了。"

"我知道。"

"还有，我考大学是你鼓励的结果，我特别感激你。"

易丹立刻惊讶起来，她瞅着唐凌问："你考大学怎么是我鼓励的结果？"

"你忘了，在贮木场的时候，你鼓励我继续学习，我才有了今天。"

"我只是说了那么一句，考大学关键还在于你自己。"

唐凌记得他们就那个问题说了很多遍，他说是易丹鼓励的，易丹说不是她鼓励的。现在看来，那时候他们还太孩子气了，其实，在口头上强调是不是易丹鼓励的并不重要。重要的是唐凌心里认定就是了。而唐凌那次去易丹家对易丹说那些话，不过是一个借口，实际上，那个时候，他已经对易丹有了想法，接到大学录取通知书之后，那个想法就更加明确了。

尽管唐凌有勇气去易丹家看她，但那时，他并没有勇气表示什么，哪怕一丝一毫的表示都不可能。所说的勇气仅仅局限于看望，他能去看望易丹已经很了不起了。

他们成长在一个人性被压抑的时代，从小学开始男女生就不说话，甚至想都不敢想，如果想了，自己就自责了，甚至怀疑自己是不是道德品质上出现了问题。多年后，唐凌对自己走过的人生道路进行过总结，他认为，成长期的性封闭，使他以及那个时代成长起来的很多人，在对待婚姻和感情问题上多少都有障碍，有的甚至还出现了病态的扭曲。

唐凌到易丹家看她的时候，他已经把对易丹朦胧的爱明晰起来，可单就他自己这方面他也不敢往深处想，他木然地站在易丹的对面，只是反复强调他是来对易丹表示感谢的。

在易丹那方面来说，她可能遇到了与唐凌同样的问题，她也相类似的成长环境，而且，她的心灵还受过伤害，在她幼小的年龄，当她几乎还不懂辱骂她母亲那些话的含义的时候，就承受了成年人都难以承受的压力。

他们就在绵绵秋雨中站着，相对无言。

那个时候，唐凌已经发育了喉结，声音也低沉了，他的下巴上有了毛茸茸的胡子。只是那时，他还没长结实，瘦高瘦高的，有点豆芽菜的意思。唐凌还记得他们看都不看对方的眼睛。在唐凌这方面来说，他只用眼睛看眼前的土沟，那个土沟里有一个破瓷盆，瓷盆歪斜着，里面积了些雨水。当雨滴落到那个盆里时，新的雨在已经沉积的雨水中形成圆圆的涟漪。

还是唐凌先打破了僵局，唐凌说一场秋雨一场寒，小心别把自己淋病了。

易丹说这样我会觉得清醒的。

他们又不说话，默默地站在小雨中站着。

　　不知什么时候，易丹说话了。易丹拢了一下遮挡在额前的头发，有些伤感地说："我的成绩本应该进更好的学校的。"

　　唐凌连忙说："林业大学不是也很好吗？多少人想都不敢想呢。"

　　易丹的高考成绩比唐凌的成绩好，高出两个分数段，唐凌曾认为，也许易丹填志愿时没填好，不然，易丹完全可以到北京去上学，她也不会那么伤感了。

　　"关键是，我不喜欢林业大学。"

　　"为什么？"

　　"不为什么，就是不喜欢。"

　　多年以后，唐凌回忆这段往事，他才想到那个时候的自己太没脑子了。易丹的母亲就是林业大学毕业的，并且她把自己的生命终结在一个林业学校。

　　"你知道，"易丹对他说，"我拼了命想考出去就是想摆脱大森林这个环境，在这个环境里，我觉得自己充满了恐惧。说你都不相信，到了晚上，这里一片漆黑，大山黑漆漆的，像一个巨兽一样，向你压来……特别是有风的夜里，山风吹着电线呜呜直响，还有山上的树，树被风摇撼着，发出各种可怕的声音，让你浑身打冷战。"

　　唐凌似乎明白了，只是那时，他还不会给易丹以安慰，他笑着说："风没什么可怕的，可如果有熊瞎子（黑熊）和狼，我可就害怕了。"

　　多年以后，唐凌和易丹聊起了他第一次去曙光林场看她的情形。易丹又有了另一个说法，她说自己就要离开林场了，心里挺不是滋味的，就去她早晨读书的树林里，在那儿伤感着。"这个时候，不受欢迎的你出现了。"

　　"是我拯救了你，不然，你会大病一场的。"

　　"臭美吧！"易丹说。

　　唐凌还记得他在易丹家吃的那顿饭，是易丹继母擀的面条，易大夫蹲在门口捣蒜。面条是用蒜酱拌的，特别好吃。唐凌在后来很多年，一想起那件事，就觉得鼻子飘浮着蒜酱的味道……

那年秋天，他们离开林业局到了大城市。他们所在的大学间隔并不远，开学的第一个星期日，他们就互相走访了一下，还联系了一个地区的一些"老乡"。

在唐凌所在的学校与易丹所在的学校之间，有一片浓密的树林，那片树林是伪满洲国前栽的，已经长得高大而粗壮，入秋时，那里满地金黄，飘满了鹅蛋形的落叶，走在上面像走在纺织品上，非常有弹性。而到了冬天，那里就不再浓密了，显得疏朗起来，树与树的距离也大了，地面上也显得干净起来。下过雪之后，那片林子里被人踩出一个一个小道，交叉着。唐凌对那片林子是熟悉的，他常出现在那里，通常在下午，他就到那里散步，他希望易丹也出现在那片林子里。

大学的第一个学期，唐凌就是在那种想象和期待中度过的。而易丹并没有在那个林子里出现。

后来唐凌想，如果他把自己那时做的傻事讲给女儿冰默听，冰默一定不会相信。但那些却都是事实，并且，只是十余年前的事，并没有那么久远。

那年寒假，唐凌也没去曙光林场看易丹，他和那些已经工作了的小学同学在一起喝酒，走东家去西家，很快就把假期度完了。在假期里，唐凌也多次想过去见易丹，可每一遇到见易丹的问题，他就退缩了，他不知道见了易丹之后他该怎么做。

而在易丹那方面，在她似乎察觉到他的意识之后，也不主动同他接触了。

大学第二年，唐凌决定主动接触易丹。他所以下这样的决心，除了他自身的因素外，还有他所处的环境的影响。在唐凌的宿舍里，他的年龄最小，宿舍中的"老大"上学前就结了婚。他常把一些经验告诉宿舍的小弟兄。耳濡目染的，唐凌不能不受一些影响。而宿舍中的其他同学，处于恋爱中的也不少。

"老大"这样告诫他："唐凌，看好了就盯上去，有花堪折直须折，莫待花枝空对月。你不早点盯上去，好的就没了。"

唐凌经过一夜的"思想斗争"，决定去找易丹摊牌。

没想到，唐凌决定去找易丹的时候，他又遇到一个良好的契机。唐凌父亲单位的人出差路过那里，代表他父亲到学校来看望他。那个人外号叫"磕巴"，他也没有代人看望的经验，见了面，就把唐凌母亲给唐凌带的咸菜递给唐凌，说："我来就、就两件事，一个是给你捎、捎咸菜；一个是请、请你吃顿饭，听你爸说你们伙、伙食不太好。"

唐凌一听乐了。觉得仿佛有神在暗助他，他可以借这个机会去找易丹，家乡来人请吃饭，是个很好的借口，也是难得的机会。

唐凌把他的想法同"磕巴"叔讲了。

"那、是你对象啊？"

唐凌说不是，就是同学。"你认识的，原来林业局医院的易大夫，他的女儿。"

"我不管，你说谁就、就谁。"

唐凌高兴了，他一路小跑，很快就到了易丹所在的学校。

唐凌来到易丹所在的八号楼女生宿舍，他被门卫挡在了外面，他只好请上楼的女生找易丹。没多大一会儿，易丹下来了。

易丹见是唐凌，她的脸立刻就红了。

唐凌说："走，咱们去、去街里吃饭。"不知是不是受"磕巴"叔的传染，他也结巴起来。

易丹瞅了他好一会儿，没说话。

唐凌连忙解释说："不是我一个人请你，林业局来人了。你认识的，小时候在一起玩的大锁二锁他爸。"

易丹说,我不去,我下午还有课。

"请假呗,也不是总请假。"

"我不想去。"易丹说。

多年以后,唐凌回忆起当时的事,才知道自己太没有经验了。他没有站在易丹的角度想问题。从易丹的角度来说,那个时候,易丹大概还没有摆脱别人对她及她的家庭扭曲看法的阴影,尤其是林业局里来人,易丹就更不可能参加了。她已经被闲话伤得神经过敏了。

但在当时,唐凌十分恼火,也许是期望过大而失望也过大的原因,还有一个原因,唐凌正弥补着晚来的青春发育期,发育得膨胀和恣肆。他的自尊心被异常地强调着,火气也大。

唐凌看了易丹一会儿,什么都没说,他转身就走。

走在路上,他还生出一些委屈感,他暗下决心,以后决不主动去找易丹。

那些行为和想法大概都与他的青春发育有关。

唐凌决定不理易丹他还真做到了,在接下来的一个学期里,唐凌连"老乡"组织的活动都不参加,有一次,同校一个叫尹树文的"老乡"问他:"我说唐凌,你怎么不参加老乡的活动啦?"

唐凌支吾着,吞吞吐吐地说:"'老乡'活动的时候正赶上我有事……"

尹树文有点神秘地对他说:"林业大学的易丹打听你呐。"

唐凌的目光黯淡下来,当时,他内心里痛苦万分。

当天晚上,唐凌就把他的情况同宿舍里的"老大"讲了,"老大"说:"这个好办,你把她约出来,谈一谈不就行了吗!如果她愿意你们就接着谈,不愿意,你也不用老'少年维特',自寻烦恼了。"

"没有你说的那么简单,如果我失败了,我不知道我会怎样活下去。"

"老大"哈哈大笑，说："年轻好啊，年轻可以激进，可以走极端。可是，你要是听老哥的话，你就去找他，成不成都要试一试，别把后悔留给自己。反正，不管什么样的路都得走的。"

唐凌默记着"老大"的话，在一个晴朗的天气里，去了林业大学。

在易丹宿舍的门口，唐凌正看见从水泥路上走来的易丹，易丹的身边还有两个女同学。

"易丹。"唐凌大声叫她。

易丹站住了。

"有事吗？"易丹发愣地看着唐凌。

"我能不能和你谈谈？"

易丹没说话，她在等待着唐凌。

"行不行？"唐凌问。

"谈吧。"

"不是在这儿！"

"去哪儿？"

唐凌向杨树林的方向指了指。那片杨树林被学生誉为"伊甸园"，易丹当然明白唐凌的用意了。易丹瞅了瞅她的两个同学，那两个女同学就站在宿舍的门口，离他们并不远，其中的一个女同学还诡秘地对易丹挤了挤眼睛。

"就我们俩吗？"易丹问。

"对。"

"可是，我和同学约好去图书馆。"说的时候，易丹又瞅了瞅她的同学。

站在远处的女同学似乎看出了名堂，她在门口的台阶上大声对易丹说："如果你有事，我们就先去了！"

易丹似乎在瞬间下了决心，她扭头对她的同学说："你们别走，我马上就来。"

唐凌觉得眼前嗡地一下，巨大的委屈涌到了头顶。他转身就走，走了几步他又停住了，回头瞅着站在原地发呆的易丹，一字一句地说："易丹，你要后悔的！"

易丹还发呆地站在那里。

那之后，唐凌的生命已经失去了光泽，他变得沉闷起来，整天埋头看书。有意思的是，在那段时间里，他的学习成绩却突飞猛进。大三第一学期联考的时候，他的成绩名列全学年第一。

那个时期，对唐凌有好感的女同学也不少，有的还主动接近他。而唐凌觉得自己"曾经沧海难为水"，对一切"关怀"都不屑一顾，变得十分麻木。

就在唐凌心灰意冷的时候，与易丹的关系发生了历史性的转折，那个转折发生在学校放寒假，他们回家的路上。

学生放寒假，就是铁路运输压力最大的时候。唐凌从学校回家要坐一天一夜的火车，那时火车的条件也不好，改革开放之初，好像所有的中国人都动起来了。人多得不得了，几乎没有不挤的车。加上学生放假，本来条件设施不好的车厢里就热闹了。把当时的场面比喻成"在锅里下饺子"，唐凌认为是远远不够的。在他看来，那个车厢已经挤到了极限，不小心的话，完全可以把车厢挤爆了。唐凌想象，爆炸的场面是这样的，车厢的铁皮被撕裂开，拥挤的人从里面飞出来……

唐凌他们上车是晚上，他挤过苇子一样密实的人群，好不容易上了车，只能夹在车厢的过道里，在昏暗的灯光下，笼罩着烟气和各种气味的车厢里，唐凌目光是茫然的，他知道在那一夜，他不能指望有一个座位。连上厕所都不可能。

火车开动了，突然有人喊他："唐凌！"

唐凌四下张望着，密密匝匝的人头在他的眼前涌动着，在高低不平的人头中间，他看到了同样挤在车厢过道里的易丹。

"易丹，你没事吧？"唐凌问。

"我挺好的，你呐，也没事吧？"

"没事儿。"

"站得挺牢吗？"

"还行，你呐？"

"现在没事了，脚已经落了地。"

唐凌距离易丹也就五米的距离，可他们没办法走近。这也许就是命运？他们之间总只有一道距离，这个距离说远也不远，说近又不近，看得清楚却无法超越。

唐凌不时地看着易丹，易丹也不时地看着他。他们的目光交流着，以前的冷漠、误解、隔阂、怨恨都如风中之烟，瞬间消散了，相反，他们都流露出了某种倾诉和靠近的愿望，他们的目光在留恋着、问候着、交谈着。

唐凌用目光向易丹追问一连串的"为什么"，而易丹也似乎在不停地解释着……

五米的距离他们几乎用了三个多小时的时间。当他们凑到一起的时候，已经到了半夜。他们都挤得满头是汗，可他们的眼睛里放射着兴奋的光泽。

在唐凌的记忆里，他第一次与易丹离得那么近，一开始，他的身子直抖，不知是紧张还是兴奋。易丹的身子也抖动着，她脸颊通红。

好在不是他们"要"挤在一起的，而是别人硬把他们挤在一起的，这样，他们都说得过去，也表现得自然了一些。

拥挤在乘客中间，唐凌和易丹的身体大面积接触着，易丹的脸色绯红，她羞涩的向后靠了靠，但那只是象征性的，并没有明显的效果。她说："太挤了！"

"可不是吗？"唐凌也显得为难的样子。

火车轻微地晃动着，他们的身体在一起摩擦着。

"对不起，"易丹小声对唐凌说："那次你约我，我没给你面子。其实，我不是不想，可我……"

唐凌有一种强烈的委屈感，他几乎要流出了眼泪。他说："是我不好，我没把话说明白。"

"我都懂。"易丹说。

"你懂我的心吗？"

"我懂。"

他们互相对望了一下，双方的目光都火辣辣的，直灼对方。唐凌激动得难以自制，他伸出了手臂，将易丹的肩护住。易丹也试探着伸过手来，揽住了唐凌。唐凌更加激动起来，他十分用力地抱住了易丹。他们就那样相拥着，非常持久。

大约一个小时过去了，他们还死死地拥抱着，彼此感受着、燃烧着，他们身上都被汗水打湿了，头发也像被水洗过了一样。

这时，唐凌才喃喃地在易丹的耳边说："易丹，你不知道，其实我小的时候就爱上你了。"

"我不信，小的时候懂什么。"

"小的时候是不明确，大了就清晰了。你还记得我去曙光林场看你吗？"

"我记得。"

"那个时候就明确了，你不知道，你拒绝我的时候，我连生存下去的愿望都没有了。你几乎占据了我的所有空间，我一闭上眼睛就是你的影子。"

"唐凌，你知道我同样是爱你的。"

"可你没有任何表现。"

"我在心里默念你的名字……你不知道我有多爱你？你自己都

不知道我有多爱你!"

"好了,好了易丹,不说了。现在好了。易丹,你是我生命的组成部分,什么也不会把我们再分开了!"他们又紧紧地拥抱在一起。

那个时候,他们青春的躯体在长时间的拥抱中已经被全面调动了,唐凌觉得,他就像一座活火山一样,内部的岩浆燃烧过了沸点,他简直要爆炸了。易丹大概也是,易丹用一种只能是那种环境中才有的目光瞅着他,目光中包含了无可奈何的燃烧和渴望。

他们就用目光吞噬着对方,融化着对方。在唐凌看来,他和易丹在拥挤的车厢里相拥的那一夜,他们已经走过了一个世纪,走完了一生……

会议进入到总结阶段,那天的会议并没有讨论出最终的结果。主持会议的领导说:"各有关部门回去再搞一搞调研,下次会议上再讨论讨论。"

局长对唐凌说:"调研的任务就交给你们处了。"

唐凌说:"好吧。"

"挺勉强的吗?"局长问他。

"还可以吧。"唐凌说。

第十一章

　　吴小楠觉得她发现了秘密，现在，答案有了，她对那个女人的整个轮廓也清晰了。至此，吴小楠已如五雷轰顶，自己也瘫软了。

下雨那个下午，吴小楠在家里静静地坐着。

本来，吴小楠计划去女子健身俱乐部健身的，虽然比以前的一周两次频繁了一些，可她实在想不起有比健身更让她想做的事。在婚姻中遇到问题的女人，往往会疲劳而重复地做一件简单而单调的事。就像她以前在杂志上读过的有关戴安娜的逸事，那位受人爱戴的王妃面对婚姻的挫折，不停地吃东西一样，吴小楠也在找一个发泄的方式。

看到窗外淅淅沥沥的小雨，吴小楠又改变了主意，那是一个不适宜去健身俱乐部的天气，她这样认为。想一想，跳得大汗淋漓之后，再洗一个热水澡，然后，走在凉丝丝的雨天里，总有点不够协调，就像做菜的时候，不管三七二十一把葱蒜什么的都放到锅里一样。

一想就想到了厨房里，吴小楠觉得挺意外的。以前，她看不惯冯姨，觉得她没有品位，完全被世俗化了，其中一个原因就是冯姨总喜滋滋地强调她的家务能力。那个时候自己年轻，可以有很多完全从个人好恶出发的感受和表现，十年过去了，那一切已经十分遥远，甚至与她没有关联了，她自己也不折不扣地走入了那个套子里。

现在，吴小楠做一手的好菜，中国菜本来就极其复杂，但在吴小楠那里，几乎哪个菜系她都有一二个拿手菜。她还懂茶道，同样的茶叶、水和茶具，在她手里沏出来就有不同的味道。有时，家里来了客人，她显得规范有序地忙开了。在那一刻，她差不多会产生这样的错觉，她觉得自己拿出来的不仅是一道道菜，而是一件件精湛的工艺品。

所以，劳累过后，吴小楠疲劳地依在唐凌身边，对唐凌说："你不觉得你的太太挺优秀吗？"或者这样说："你前世修了什么福？娶了这样好的女人。"

每到这个时候，唐凌总是说"是是是"，显得言不由衷。

这时，吴小楠就不满地揪唐凌的耳朵，说："男人就这么没良心，给你生孩子，伺候你，一句好话你都吝啬。"

唐凌说："好好好，一连三个好，还不行吗。"

吴小楠想，男人不能惯大了，给他太多的甜头，他就不珍惜了，相反，他习惯了甜头之后，如果你稍一疏忽，他就不高兴了。

十年走过来了，吴小楠将才华越来越多地凝结和表现在家庭里，这是她自己的选择还是生活对她的选择？她自己恐怕都说不清楚。

吴小楠觉得自己无论从哪个角度讲都对得起唐凌，而唐凌呢？

这十年来，吴小楠总是觉得唐凌有一个她所触及不到的领域，唐凌也不主动同她交流。吴小楠是要强的人，也是有层次的人。她不会像有些女人那样整天婆婆妈妈絮絮叨叨的，也从没对唐凌的行为疑神疑鬼地刨根问底儿。

有的时候，家里来了电话，如果是女人找唐凌，吴小楠就喊来唐凌，自己则到另一个房间去了。唐凌回家晚的时候，她也不问唐凌为什么回来晚。她觉得自己已经做得挺好了。

但是，吴小楠毕竟是女人，别的女人有的心思她也都有，只是，表现的方式和程度不同而已。

结婚头几年，吴小楠几乎没有自己犯寻思的时候，那大概和自己的年龄有关，这两年情况发生了一些变化，她总是隐约地感到，在她之外有一个断断续续的女人的影子参与到她和唐凌的生活空间里来，尽管她对那个影子没有任何完整的概念和清晰的印象。

吴小楠想起她怀孕的时候，有半个月就临产了，唐凌还在外面和同学喝酒，喝得酩酊大醉，回到家里就大吐起来。那时，吴小楠的母亲住在她家，帮唐凌照顾吴小楠。吴小楠的母亲有洁癖，她对唐凌的意见非常大。

那次，吴小楠忍不住同唐凌发火了。

吴小楠关上了房门，她质问起唐凌来。

唐凌躺在床上，慢慢地解释说，他们议论起当年的同学，听到有的同学的命运十分惨，心情就不好，所以就喝多了。

唐凌不解释还好，他这样的解释更令吴小楠恼火。

"你怎么不把你的爱心分一点给家里，你怜悯别人的命运，怎么就不关心你妻子的命运，你不知道她现在是什么时期吗？"吴小楠说。当时，她的母亲在另一个房间里，她的声音还不能太大。

"我知道。"

"知道你还这样做，你看看表，现在几点了？"

唐凌已经睁不开眼睛，迷迷糊糊睡去了。

吴小楠望着眼前的唐凌，她难过得流出了眼泪。她哭得伤心极了，那是他们结婚之后第一次重大冲突，也在她的心里埋下了疑点。

吴小楠想起在他们结婚之初，唐凌流露过他有一次失败的初恋，那个女同学的处境并不是很好。吴小楠就把唐凌在她分娩前的那次醉酒联系起来，那个女人的影子就出现了。

然而，那之后的几年里，唐凌再也没有提起他的女同学，也没有出现令她能够联想到他那个女同学的事。

那时，想梳理出唐凌身边另一个女人轮廓的线索就断了，让她无法理出头绪。

在吴小楠的印象里，那个女人的出现是在多年以后，在她彻底放松了对唐凌细心观察的时候，在那个普通的早晨，四岁的冰默从一个衬衣盒里翻出了一张照片，那张照片是一个故作媚态的女孩子的单人照。

照片上的女孩子站在人工的布景里，布景的工艺很差。那张照片给吴小楠的总体印象不好，她直观的感觉是，唐凌不一定会喜欢那个女孩子，并且，那个女孩子也不一定是他的大学同学，起码照照片的时候不是。如果是的话，也是在那个女孩子上大学之前照的，照片上的女孩子也就十八九岁。

吴小楠这样想的同时，她也不断地否定着自己，她必须承认，世界上发生的事并不依赖于人们的看法，不可能的事完全可能发生，也许应该发生的事恰恰没有发生。

唐凌出差回来后，他并没有对那张照片做出解释，吴小楠一直等待着解释，结果，唐凌始终无动于衷。

带着对照片上的女孩子的猜测和由此引发的困惑，吴小楠走过了漫长的日子。日子可以消磨人的意志，可以使人内心里泛起的波澜抚平，可以把好多东西变成记忆和概念，从而不再那么强烈和鲜明了。吴小楠的关于另一个女人的寻找又中断了。

等吴小楠平静下来，那个女人又出现了。

吴小楠还记得，那是唐凌出书之前的一个星期天。本来，吴小楠计划在星期天里，组织一家人出游的，而唐凌偏要去取照片。在吴小楠看来，取照片并不是什么大事，随时可以去取。唐凌像有什么心事似的，非要在上午十点的时候出门。

无奈，吴小楠只好取消了计划，由全家出游变成她去逛商店。那次逛商店真的成了"逛"商店，她什么东西也没买，只是在商店里消磨着时间。

按照与唐凌约定的时间，她提前就出了商店，站在路边，她焦急地等待着唐凌开的那个已经被大面积淘汰了的"伏尔加"轿车。

唐凌迟迟没有出现。焦急等待中的吴小楠十分担心，唐凌不经常开车，开车的技术也算不上过关，况且，那天市里还有大型活动，交通格外紧张。

吴小楠在路边煎熬了半个多小时，终于把唐凌盼来了。上了车，吴小楠想不明白，唐凌为什么不顾她的感受，而一定要取一个在她看来算不上重要的照片呢。

后来，还是冰默揭破了真相，唐凌竟忍心把冰默锁在车里，而他，和那个女人进了摄影楼。

他们进去干什么？当然，吴小楠也否认了他们在摄影楼那样的环境里行男女之事，问题是，她并没有在车上，冰默并不能区分摄影楼或者别的什么地方。如果他们去的不是摄影楼，而是另外的地方，那么，那个时间足够做一件事情了。不过，经过多次想象，吴小楠还是否认了唐凌和那个女人在那天苟合的可能性，想一想，女儿在外面的车里，妻子在大街上等他，她相信唐凌还不会堕落到那种没廉耻的程度。

所以，吴小楠这样想，可能是唐凌约那个女人一起拍照片，可他们拍照片干什么呢？

综合记忆中的片段，吴小楠觉得她渐渐得出了结论。其实，那个结论性的东西已经在吴小楠的想象里重复了不知多少次了。她在重复中不断加以修订、补充和完善。只是，她觉得自己的结论中，还有很多想象的成分，还没有到最后的证实阶段，所以，她的这个结论只能是留给自己的，不能对除了她之外的任何人公布。

吴小楠寻找的那个女人是这样的：这个女人是唐凌大学时的同学，他们在大学期间有一段相恋的经历，后来，应该是那个女人的原因而中断了他们的恋情，唐凌在失恋的痛苦中变得颓废和迷茫（可以对应她初见唐凌时的感受）。后来，唐凌同另一个叫吴小楠的女人结婚了。唐凌结婚之后，他在一个特定的场合，比如他妻子快分娩的那次同学聚会上，他和那个女人相见了。那时，他们彼此都有了生活经历，对生活也有了感慨，这次见面他们旧情复发，于是，在一起苟合了。这个女人大概住在县里，她和唐凌的幽会是在县里（唐凌以工作名义下乡）和市内（比如摄影楼？那次）。当然，对于那个飘忽不定的神秘的女人，吴小楠还大胆地给予了她合理的设计，那个女人丧夫或者离异了（这也符合唐凌说的命运不公，境况比较惨），由于苟合，她与唐凌有一个孩子，现在，那个孩子大了一些，自己能来找他了。

想到这儿，吴小楠觉得她发现了秘密，现在，答案有了，她对那个女人的整个轮廓也清楚了。至此，吴小楠已如五雷轰顶，自己也瘫软了。

支撑着吴小楠没有完全垮掉的是，有些东西吴小楠在唐凌身上还找不到证据。比如，唐凌是如何将那些事埋藏得那样深并持久地做出一副若无其事的样子的，再比如，既然有一个孩子，唐凌就得给那个女人经济上的支持。唐凌一向把他的收入交给她，他的那一部分钱从哪里来？还有，那个女人为什么露不出真面目？她已经与唐凌有了孩子，为什么还隐藏那么深？再就是，在两个家庭同时扮演丈夫和父亲的角色是不容易的，唐凌是如何把一个完整的自己拆分开的？

吴小楠想，如果唐凌真的伪装得那么成功，那他就太可怕了。

太多的问题已使吴小楠心乱如麻，她被自己设置的问题缠住了。

吴小楠在苦思冥想之中，错过了冰默放学的时间，她匆匆忙忙赶到学校时，学校的操场上已经没有学生了，只有冰默和另外两个孩子站在雨棚下张望着。

冰默一见吴小楠，就将嘴嘟了起来。

"对不起，妈妈来晚了。"吴小楠对冰默说。

冰默说："对不起是最虚伪的一个词啦！"

吴小楠有些不高兴，她的声音大了些："那你还要妈妈怎么做？我就不能有事吗？"

冰默说："我没要求你怎么做，是你想这样的。"

"你这孩子，越来越不像话了？"

"谢谢你这样夸奖我。"

吴小楠实在忍不住了，她拎起冰默肩上的书包带，拉了冰默一下："快走，耍什么贫嘴。"

这一下用力大了点，冰默险些摔倒，她的一只手扶在被雨水淋湿的地上，沾了一手泥。

冰默立刻哭了起来。

吴小楠想了想，觉得自己有点过分了，她心情不好不应该在孩子身上撒气。她又蹲了下来，一边给冰默擦手，一边哄冰默。冰默还嘤嘤地哭着。

吴小楠知道冰默的特点，就说："好了，今天是妈妈不对。这样吧，你可以选一个礼物，作为我的歉意和对你的补偿。"

冰默果然不哭了，她抬起头来问吴小楠："真的吗？"

"说话算数。"

"那好吧，"冰默擦了擦脸，说："只是，我不能太草率了，我要好好想想，选一个什么样的礼物。"

吴小楠领着冰默走上了过街天桥。夹在巨幅广告中间，吴小楠突然想带冰默去吃饭，她想让唐凌回来看见家里是空的。

"我们去吃饭好不好？你选地方。"吴小楠征求冰默的意见。

冰默说："出去吃饭倒不错，但不能顶替你送我的礼物。"

"行吧，我的小公主。"

就这样，吴小楠带冰默去了海上乐园餐厅，那个餐厅里，外地游客比较多，人显得杂乱。冰默好像挺高兴的，她喜欢凑热闹。吃饭的时候，吴小楠几乎没吃出滋味，她心里惦念着唐凌，她不知道唐凌现在回家没有，回家了，在做什么。

尽管如此，吴小楠并不急于回家，吃完晚饭，她撑着伞，带着冰默在海滨公园里转着。

"冰默……"

"干什么？"

"我问你一个问题。"

"问呗。"

"如果妈妈和爸爸分手了，你会跟谁？"

"你想让我跟谁？"冰默抬起头来，问。

吴小楠看着面部表情平静的冰默，她的心剧烈地抖动了一下。她像冰默这么大的时候，她的母亲也问过她类似的问题。她现在还可以想起当时的情形，母亲对她说："小楠，如果我和你爸爸离了婚，你跟爸爸还是跟妈妈？"吴小楠当时就把妈妈抱住了，她哭得十分伤心，她说："爸爸和妈妈不会离婚的，我不让你们离婚。"吴小楠努力掩饰着自己将要发生变化的表情，她轻轻抚摩着冰默的头。

"冰默，如果妈妈和爸爸分手了，你一定要跟妈妈，你知道吗？"

"为什么呀？"

"因为妈妈会对你好。"

"可爸爸也对我好啊。"

"爸爸对你好是没有用的，你爸爸会给你娶一个后妈，后妈会打你，不给你吃的和穿的，想办法折磨你……"说这些话时，吴小楠自己也觉得意外，她小的时候，母亲就常同她说这样的话，到她十四岁的时候，母亲还跟她说后妈如何凶狠，虐待孩子不算，还专门吃小孩子的心。吴小楠那时已经不喜欢母亲讲那些话了，母亲和父亲只是有的时候吵架，他们并没有真的提出离婚。在吴小楠看来，那时，母亲不过是自我想象而已，她不断重复那个被自己丰富起来的想象，结果把自己也陷了进去。吴小楠还记得母亲对她讲那些话时的眼神儿，那个眼神被恐惧所笼罩，她想，母亲讲话时内心里一定十分害怕……几十年过去了，母亲担心的事并没有发生。

　　吴小楠已经对母亲那种自己恐惧并把恐惧施加在子女身上的做法充满了厌恶情绪，那个情绪持续了很多年，不想，她在不自觉中重复了那个角色。

　　然而，冰默却没有恐惧感，冰默笑了笑说："我不相信。"

　　吴小楠已经发现并及时纠正了自己，她拍了拍冰默的头，说："你不相信就好。"

　　这时的海滩，被小雨湿润着，那个感觉是需要发现的，并不是每个人都可以发现小雨在湿润着海滩的。雨天里，海边的人本来就少，天快黑透了，偌大的海滩更显得冷清。那个时候也静极了，岸上的灯火已经映到海面，海面中曼舞的灯影朦朦胧胧的。走在海滩的长堤上，可以听到海浪扑向沙滩时的蟋簌声，那声音柔缓而清淡……

　　吴小楠默默流下了眼泪，泪水无声无息从她的脸上流过，在下颌处滴落。

　　这个时候，吴小楠的传呼响了起来，她知道，唐凌已经回家了。吴小楠不理睬那个传呼，她紧紧地拉着女儿的手，继续徘徊在海边的夜色中……

第十二章

　　夏乃红两眼发直地望着宁静的海面，昨天夜里的灯影仿佛摇晃在她的梦境里，似远似近，忽明忽暗。就那样，夏乃红呆呆地在床上坐到了天亮……

就在吴小楠带着冰默在海滨公园的长堤上徘徊时，她不会想到就在同时，夏乃红也在海滨公园里，只是，夏乃红没有在雨天里徘徊，她和安浩正在临海的富源山庄的餐厅里。

那个餐厅的视野极为开阔，三面临海，夏乃红和安浩的座位也正好靠着玻璃窗，她可以把海滩的长堤尽收眼底。

夏乃红同样不会想到吴小楠会在海边的长堤上，那个时候，她几乎没怎么注意长堤，即便看到吴小楠和冰默，她也看不清楚的，她或许会把她们当作整个景物的一部分。

坐在餐厅之后，夏乃红抑郁的心情有了极大的改善，她同很多女人一样，对环境有着天然的感受能力。那个餐厅就提供了符合她的需要的条件。

富源山庄其实是一个合资的宾馆，还具有一定的别墅性质。那些建筑都不高大，傍依着起伏的山势而错落有致。宾馆的每一座楼都力图靠着海面，所以产生了视觉差，会以为那些小楼是从海面上生出来的一样。

从公园外的路上望去，那些房子成了一个部落。白色的欧式古典建筑被浓绿的草坪衬托着，典雅而神秘。那种神秘感是异域文化以及历史长度造成的，其实，宾馆并没有围墙，围在它周围的是黑色的铁栅栏，那些栅栏有橄榄叶的装饰花纹。

宾馆的内部装修是星级标准的，有花纹和色彩都考究的大理石，有洁白的天棚和墙面。有很多鲜花摆在餐厅的各个角落，还有如流水一般慢慢流淌的轻音乐。那些音乐似隐似现的，夏乃红觉得它们就在自己的头顶上盘旋着。

更令夏乃红陶醉的是高窗外的海面，海面上有闪闪烁烁的灯影，看到那些灯影，她仿佛又回到过去的一个梦境中。上中学的时候，夏乃红对秦淮的灯影与桨声十分沉醉，那是她梦境的一部分，尽管她没去看过秦淮河，也不知道现在的秦淮河有没有当年的古韵和意境了，但那毕竟是青春时的一个梦境，这样的梦境是容易让人心醉的。

夏乃红用青春般的表情看着对面的安浩，她不知道安浩的梦境是不是与她的相同，夏乃红相信，每个人在青春的时候都会产生过梦境的。

安浩似乎觉察到夏乃红注意他，他笑了笑，说："我比较喜欢这里的环境。"

"我也喜欢。"夏乃红嘴急地说，象抑制不住自己喜悦的小姑娘。

"那就好了。"安浩说，说的时候把一个大菜单递给了夏乃红："点你喜欢吃的菜。"

"随便吧，吃什么都可以的。"

"那我就替你安排了。"说完，安浩就点了四个菜。清蒸螃蟹，煮基围虾，蔬菜沙拉和一个冷盘。他还点了48年的法国红酒。

"加冰还是兑'雪碧'？"服务生问。

"当然是加冰，"夏乃红显得内行地对服务生说，说完，她又对安浩说："我发现很多人不会喝红酒，红酒是脱糖的，就因为脱糖才喝它的，兑了'雪碧'就失去意义了。"

安浩有些欧化地耸了耸肩。

"不过，"夏乃红叫住了正要转身的服务生，"你可以给我加两片鲜柠檬的。"

安浩笑了笑，笑里包含了夏乃红难以察觉的内容。

夏乃红也对安浩笑一下，笑得比较矜持。接着，她又把头转到了窗外。

"你看，"安浩向夏乃红背对着的方向指了指，"你看那片海滩，那，有直立着礁石的海滩，它让我想起意大利的拿波里。"

"你一定去过很多地方吧？"夏乃红流露出少许羡慕的表情。

"是，比较多。"安浩点了点头，"我主要去两种地方，一种是人们了解的地方，一种是人们不了解的地方。"

"怎么解释？"

"了解的地方呐，就是比较有名的地方，比如美国、澳大利亚和欧洲的一些国家。不了解的地方呐，比如欧洲的冰岛和格陵兰岛，比如阿根廷的火地岛，比如非洲的加纳和象牙海岸……"

"你去过那么多地方？"

"我只完成了我计划的四分之一，我还会继续努力的。"

"你是怎么去的？我是说，你是因公去的还是旅游度假？"

"都有啊。"安浩回答得十分随意。

这个时候，夏乃红的目光变得柔和起来，他眼中的安浩也真实清晰了。在灯光下，安浩的衣着显得旧了些，与餐厅里考究庄重的格调有些不协调。不过，夏乃红觉得那是一种底气充足的象征，在她的记忆里，她还隐约有这样的印象，西方一些传统的贵族家庭的子弟们，都善于用破旧的衣着来修饰自己，对追求贵族外在形式的社会环境进行嘲弄和挑战。

想到这儿，夏乃红自己笑了一下。然后，她将两只胳膊得体地放在餐桌上，拉近了她的头与安浩的头的距离。

"在吃饭之前，我可以提一个问题吗？"夏乃红问安浩。

"当然。"安浩说。

"我想请问你，我们第一次见面是纯粹的偶然吗？"

"你说哪？"

"我觉得不像是纯粹的偶然。"

"那我就不回答你了。"

"为什么？"

"你已经有了答案。"

"那就是说，我们的相遇是你事先设计的。"

"我没有那样说。"

"我还是没有答案。"

"答案在于寻找。"

夏乃红想了想，她准备继续追问下去，寻找就不能靠单一的线索，有的时候，在无意之中也可以发现蛛丝马迹的，尤其是夏乃红这样聪明的女人，完全可以在比较、鉴别中找一个起码令自己信服的答案的。

夏乃红又问："你为什么选择我？"

"这是第二个问题了。"安浩说。

"我希望你回答。"

"如果不回答呢？"

"我不会吃任何东西。"

"好吧，"安浩说，"你是个优秀的女人。"

"这话不像是答案。我这样想，像你这种条件的男人，身边不会缺女人的。况且，我……比我优秀的女人太多了，比我年轻漂亮的女人也太多了，你为什么偏偏选中了我？"

"一定要回答吗？"

"这是我吃饭的条件。"

"那样看来，我只好自己吃了。"安浩说。安浩说的样子传递给夏乃红的信息是，他并不是认真说那样的话的。

果然，安浩又说："因为，我觉得你像我初恋的一个情人，在大学时，我苦苦地追求她，那个时候，我的个人条件和家庭条件都不好，无论哪一方面她都比我有优越感。后来，我终于成功了。我们开始了爱的旅程，那中间有欢乐有泪水，也有山盟海誓……"

"等一下，我没听清楚。是你的山盟海誓，还是都有？"

"都有啊，不过，我的多一些。我们的爱的最大阻力还是来自她的家庭，她在大城市里的母亲坚决拒绝我这个小渔村里出来的孩子，她家里没有人赞成我和她结婚。那段时间她痛苦极了，经常是泪水洗面。后来，在我们顽强的抗争下，她的父母终于妥协了。我还记得她接到家里那封至关重要的信的那个雨天，她家里同意她和我结婚了。我们共同为她的父母写了一封回信，为庆祝我们的胜利，我们还到街上的饭店里喝了啤酒。从饭店里出来，她对我说，你在这里等一下，我到街对面的邮局去，把信投到邮筒里。那个过程她一直是高兴的，像一个快乐的小鸟。不想，她在返回过马路的时候，被一辆大卡车撞到了。我是亲眼看到那个悲惨的场面的，我跑到她跟前时，她已经失去了知觉，她一句话都没跟我说就离开了我。"

"对不起。"夏乃红轻声说。这时，她已经被安浩的讲述深深感染了。

安浩抬起头，似乎努力使自己从痛苦的回忆中回到现实中来。他笑着说："算了，不说了，都是过去的事了。来，为我们的缘分！"安浩举起了酒杯。

夏乃红也举起了酒杯。

清蒸螃蟹上来了，夏乃红想起她第一次同安浩见面，安浩曾说过她喜欢吃螃蟹，又有一丝疑虑如浮云的影子一般掩过夏乃红的心头。

"那个女孩，她叫什么？"

"他叫冯红，你说巧不巧，你也叫'红'。"

"后来呢，别介意我的好奇心，女人都想对她接……触（夏乃红本来想说接近，她在瞬间调整成了接触）的男人有更多的了解。"

"没关系。"安浩说。"后来，我就出国了，一边打工一边读学位。"安浩似乎理解夏乃红的心情，他开始讲述他在国外的一些经历，他说他那个时候特别能干，同时打了好几份工，到他获得博士学位的时候，他已经有了自己的房子（是纯粹的"house"，而不是居民楼里的房子）和别克轿车。后来，他没有按自己所学的专业开心理咨询诊所，而是参与到同国内的贸易之中，他说他很幸运，赶上了好的机会，所以他做得很成功。"现在，我把很多经历都投到了大陆。"

"你在星城多久了？"

"回来三个月了。"

"可我觉得你对这里特别熟悉。"

"你要知道，这是我的家乡啊。"

"你小的时候在星城吗？"

"是啊，不过不是在市里，那，是在离城市八十公里的地方，一个比星城还有历史的小渔村。"

"叫什么名？"

"那个渔村太小了，地图上是查不到的，叫红嘴子。"

"这个名字挺有诗意的。"

"事实上，渔村里一点诗意都没有。"

安浩的讲述给了夏乃红一个初步完整的印象，她进一步感到轻松起来，她还主动向安浩敬酒，说了祝福之类的话。

"该讲讲你啦！"安浩说。

"等一下，还有一个问题，"夏乃红说，"我不明白你为什么能对我那么、了如指掌？"

安浩笑了起来，他说也没什么，在你见到我之前，我已经看到过你，"一次广场晚会上，你是特约主持人，我在人群中看到了你，当时，心里一阵激动。"

"你把我当成了你的'小红'？"

"那倒不是，我看你特别像她。"

夏乃红笑了，说："你要知道，每个女人都不喜欢她被当成'替代物'而受到重视的，我也同样，不希望我们之间的交往存在这样的问题。我就是我，而不是你的'小红'。"

"当然啦，"安浩连忙说，"我也没有傻到把你当成小红的份儿上，我只是喜欢你这种类型的女人。"

"可你对我并不了解！"

"那通常是女人的想法，女人比较多的注重概念，而男人才注重感觉，有了感觉别的就不重要了。"

"不一定吧。"夏乃红说。

"反正我是这样。"

"可我还是不理解，就算你在背后了解我，你也不会了解得那么准确，有一些东西属于隐私，别人是不知道的。"

"了解加上推测，你知道我是学心理学的，这样说理解了吧！"

夏乃红疑惑地点了点头。其实，她对国外的心理学缺乏起码的了解，正因为如此，反而消除了夏乃红的疑虑。

"你想听我的故事吗？"夏乃红开始主动起来。

"如果你愿意！"

"哈，你这口气显得勉强。"

"不是，因为，我一向不探听别人的隐私，如果你肯对我讲说明你信任我，我当然乐于倾听了。"

夏乃红眨了眨眼睛，这会儿，她和安浩之间，安浩已经占了上风，其实，从夏乃红进到这个临海的餐厅开始，她就在安浩的高度之下了。说起来，夏乃红有过特别的经历，见识过各种各样的场面，只是，女人永远也摆脱不了物质世界对精神世界所带来的制约和诱惑。

他们都没怎么吃东西，只是彬彬有礼地举杯，一口一口地喝着酒。

夏乃红开始讲她的"过去"了，她讲话的声音和语调有如她主持的节目，带有起码三成的定势感。夏乃红讲她在读大学时乃至工作以后，有多少人追求她，后来她遇到了她的丈夫崔大伟，崔大伟对她特别好，好得与这个具有"男尊女卑"传统的国度里的生活都不协调。

后来，她的丈夫遭到意外，她痛苦极了，在痛苦中她的孩子也流了产。失去了丈夫又失去了孩子，应了那个老话："福无双至，祸不单行。"她对生活简直是绝望了。

接下来的几年，她都在痛苦中挣扎着，她好不容易才从那个痛苦中爬了出来。只有这几年，她才认识了一个大学里年轻的教授，可她并没有在那个教授的身上找到她需要的那种感情，她这才知道，她的爱情已经同丈夫一起死亡了……

"你知道，女人是从个人情感的角度看世界的，尽管外界对我丈夫有不同的看法和评论，可我还是认为他是完美的，至少在我的个人的世界里是完美的，他对我好，这就够了。"

夏乃红的讲述令她自己都感到吃惊，有的时候，语言是需要语境的。或者这样说，她的故事完全是根据"需要"而产生的，她的丈夫已经死了，她是唯一可以讲话的人，她不用担心自己想象中的美丽的谎言被人拿去检验、甚至被戳穿。那些美丽的谎言有如洋洋洒洒飘落的、带着暗绿的白色梨花瓣儿，缤纷得令自己心悸和感动。

安浩似乎显得平静一些，他提议他们干一杯酒。"为了我们共同的不幸。"

夏乃红的脸上仍保留着激动的红润，她也举起了杯，把大半杯酒饮了进去。

渐渐地，夏乃红已经有了醉意，她的醉意来自酒的作用，自来临海的那个浪漫的环境，来自他们那些可以调动人的伤感情绪的话题。

她与安浩继续交谈的过程中，不知不觉已经大醉了。

"对不起，"夏乃红眯缝着眼睛，"我好像坚持不住了。"说完，她就闭上眼睛，靠在了椅子上。

安浩走到夏乃红身边，轻轻拍了拍她的肩："要不要到房间里休息一下？"

夏乃红摇了摇头，说："过一会就好了。"

安浩吸了一颗烟，见夏乃红还没有睁开眼睛，就站了起来，去服务台开了房间。

安浩办理好住房登记手续，又回到夏乃红身边，小声对夏乃红说："我看你得休息一下啦！"

"不要嘛！"夏乃红推了安浩一把。

安浩不言语了，他静静地站在夏乃红的身边。

这时，夏乃红突然向他身边倒了过来……

夏乃红是被安浩搀扶着进了房间的，走过大厅的时候，夏乃红觉得大厅里的人如梦境里的人一样，或者是灯光变换的化装舞会里的场面，所有的人都如玩偶一般离奇起来，隐隐约约地在她的眼前晃动着。

进了房间之后，夏乃红觉得自己"忽悠"一下，象从高空中坠落下来。她知道，自己已经到了床上。这时，夏乃红努力睁开了眼睛，她对坐在眼前的安浩推了一把："你别在这里，我想一个人待着。"

安浩说："你放心！我不会乘人之危的。"

"我不要你说，你走开！"夏乃红来推安浩。

安浩说我这就走。

"你走，走！"夏乃红喃喃着，然后，什么都不知道了。

夏乃红醒来的时候，她看身上还盖着被，她急忙把身上的被子掀掉，发现自己还穿着衣服，这才放心了，吁了一口长气。

房间里安静极了，只有空调微弱的声音。

夏乃红回忆起昨天晚上的一些事，醉酒以后的事她全不记得了。不过，现在看来，她没有受到安浩的"侵害"。

安浩现在在什么地方？他真是一个奇怪的人。如果安浩想占她的便宜，昨天晚上是一个难得的机会，还有，安浩并没有灌她酒，她是自己把自己灌醉了。从另一个角度讲，也许是她自己主动对安浩解除警戒的。不然，她就不会那样喝酒。尽管她没有明确的意图，可是不是在内心里朦胧地对安浩存在着一种渴望？

夏乃红觉得自己的头很痛，她好像什么也想不明白。

天渐渐亮了，是青色的那种亮法儿。夏乃红窗外的海面的轮廓也清晰了，海水退潮了，裸露出黑色的嶙峋的礁石。那些礁石上落着白色的海鸟，海鸟的动作十分悠闲。

夏乃红两眼发直地望着宁静的海面，昨天夜里的灯影仿佛摇晃在她的梦境里，似远似近，忽明忽暗。

就这样，夏乃红呆呆地在床上坐着……

第十三章

　　就在那个期间，仿佛一场瞬间来临的飓风，把唐凌和易丹建立起来的一切都席卷而去，抛向高空，什么也没有留下。

　　吴小楠和冰默回家之前，唐凌一直焦急地在房间里吸烟，他没吃晚饭，不停地给吴小楠挂着传呼。

　　晚上九点多了，吴小楠才回家，她脸色清白，表情阴沉。

　　"你应该回一个传呼，我就差报警了。"唐凌冷着脸说。

　　吴小楠没理睬唐凌，她对冰默说，让你爸爸陪你练琴，妈妈不舒服。说完自己就回卧室去了，"砰"地关上了房门。

　　唐凌觉得大概出问题了，如果说昨天他还没有准确的摸出吴小楠的脉搏，那么今天晚上，吴小楠的表现已经非常明显了。吴小楠对他有了想法，而且，这个想法大概与易丹和晓凯有关。

　　"冰默，吃饭了吗？"唐凌蹲下来，问冰默。

　　冰默说吃过了，说完，她附在唐凌的耳边小声说："爸爸，我告诉你一个秘密，不过，你不许对别人讲。"

　　"好，我会保守秘密的。"

　　"我妈说，她要与你分手！"

　　唐凌愣住了，他没想到吴小楠会同女儿说这些话，他有些恼火，只是碍于当时的情形，他没有明显表现出来。"妈妈是开玩笑，我们不会分手的。"

　　冰默继续说："妈妈还说你们分手后让我跟她，如果我跟了你，你会给我找一个后妈，后妈会虐待我的。"

　　唐凌说你别信这些，妈妈是试探你对她好不好。

　　冰默笑了，说："我一点都不傻。不过，我不希望你们分手。"

"我们当然不会分手。"

"说话算数？"冰默伸出她的小手指。

唐凌笑了，他也伸出小手指，与冰默的小手指勾在了一起。"拉钩上吊，一百年都不许变！"

唐凌就陪着冰默，他不想让冰默幼小的心灵承载太沉重的东西。他坐在冰默的身边听她弹奏车尔尼的练习曲。之后，督促她洗澡，刷牙，上床读故事，道"晚安"……

安顿好冰默，唐凌准备同吴小楠谈一谈。他来到卧室里，吴小楠还没睡，她躺在床上看书，见他进来，吴小楠把头扭了过去。

唐凌到了嘴边的话又咽了回去。

回到客厅，唐凌想，现在不是与吴小楠讨论和争论的时候，当务之急是找到晓凯。他做了什么事自己心里最清楚，他相信事后吴小楠知道了事实真相，她会理解的，他相信吴小楠是通情达理的人。

从吴小楠的角度来说，她不明白事实真相，当然生气了。把自己和她换一个位置想一想，不是也一样吗？

这样一想，唐凌的气也消了不少。

唐凌在碗橱里找了一些剩饭和剩菜，用热水冒了凉饭，就呼呼隆隆地吃了起来。

唐凌吃完饭已经十点多了，他坐在沙发上又陷入了沉思。

这两天一直没有晓凯的消息，这样说来，晓凯完全可能离开了这座城市。他回到林场怎么也要两天的时间，所以说，明天是最关键的一天。如果明天还没有晓凯的消息，恐怕就得往坏处想了。所以，必须待消息明朗了，他再同吴小楠谈，把一切都告诉她。

还有易丹，易丹在这个时候一定是最难的了，她可能彻夜难眠，她比任何人都焦急。唐凌不知此时易丹在忍受着怎样的煎熬……

一想到易丹，唐凌的心就在缩紧，往事又潮水般地冲击着他的前胸。

　　大学生活的最后一个寒假是唐凌最难忘的日子。他和易丹在火车上明确了他们的关系之后，下车时他们已经手拉着手，难解难分了。

　　当时，唐凌和易丹约定，他们回家就分别向家里摊牌，三天之后，唐凌就去曙光林场看易丹。

　　唐凌回家之后，就把他和易丹的事向父母讲了，父母都很高兴，他们对易大夫的印象不错，他们唯一的疑问就是担心易丹从小就没有母亲，会不会有特性？在他们看来，小时候失去父亲或者母亲的孩子一般个性都很强。唐凌为了消除父母的顾虑，连忙说："我了解易丹，易丹的性格特别温和。"

　　父母看他的态度坚决，也就不再说什么了。

　　盼到他和易丹约定的时间，唐凌带着对易丹的思念和喜悦的心情去了曙光林场，尽管他们才分别了三天，可他觉得像一个冬季那样漫长，他恨不能马上赶到曙光林场，立刻见到易丹。

　　那个时候去山上林场的车特别少，他只好搭乘林业局车队的运材车。运材车一般都是"东风"或者"解放"牌，驾驶室里加上司机也只能坐三个人，其他的人只好坐在外面的大箱板里。从林业局出发，汽车在冰雪路上最快也只能开到五十迈，所以，到曙光林场需要两个多小时。按理来说，唐凌可以等到有客车的时候再动身的，可是，唐凌见易丹心切，就毫不犹豫地上了敞篷汽车。

　　对于林业工人来说，他们有坐敞篷车的经验。他们戴着狗皮帽子，穿着羊皮大衣，脚穿翻毛大头鞋，带着毛护手，再用口罩和大围脖把脸捂严，所以，挺两个小时一点问题都没有。唐凌当时的情况就不同了，他没戴帽子，只围了一个毛围巾，他穿的是鸭绒服，平时穿那些衣服御寒没有问题，可在奔驰的汽车上，呼啸的寒风像刀子一样割人的脸。

　　好在驾驶室里的一位工人师傅心肠好，把他的羊皮大衣让给唐凌穿。其实，驾驶室里也不暖和，他让出了大衣，自己就得冷着。冷总还比冻强，如果不是工人师傅的大衣，到曙光林场的时候，唐凌可能就被冻成了冰人。

即使这样，车在曙光林场的小学操场上停下来时，唐凌已经站不起来了，他的脸色苍白，嘴唇发紫。

车上的人大都有这方面的经验，他们把唐凌搀扶下车，用雪涂在唐凌发白的耳朵、脸和手上，用力地搓了起来。他们觉得搓出颜色和热乎气了，才把唐凌送到易大夫家。

唐凌到易丹家的时候，易丹正在炕上织毛衣，她看见一些人送唐凌进了院子，连忙下了地，当时，易丹吓得脸色惨白。

易大夫把唐凌扶到了炕上，他对唐凌说，亏得那些用雪帮你搓耳朵的师傅，不然，你的耳朵就保不住了。唐凌的耳朵、脸和手没事了，他的脚却出现大面积冻伤。易大夫就用当地的偏方獾子油为他治冻伤。

易大夫给唐凌处置冻伤时，易丹在厨房里给唐凌烧姜汤，她躲在外屋的暗处，偷偷地抹着眼泪儿。

刚刚处置完，唐凌就跳到地上，到外屋里找易丹。

易丹打了唐凌一拳，泪水更多了："你怎么这么不小心呀！"

唐凌把易丹的手拉过来，他说没事儿，只要心里热，就不会有危险的。

"你这样，多让我担心啊！"一边说一边流泪。

唐凌把易丹揽在怀里，那时他的脸上涂着药膏，只能有限地表示亲热。

"我爸知道咱们的事，他特别高兴。"唐凌对易丹说。

易丹说："我爸爸也特别高兴！"

说完，易丹就钻到唐凌的怀里，他们不顾一切地吻了起来……唐凌脸上的药膏到了易丹的脸上，易丹也成了半花脸。

那天，易大夫乐呵呵地陪唐凌喝散白酒，喝到脸色微红时，易大夫讲起易丹的母亲。"她蒙受了千古之冤哪。"易大夫感慨地说。

易大夫说易丹的母亲原来是学校的老师，"文革"初期，到资料室当资料员。那个时候老校长已经被打倒，关在锅炉房里。

掌权的造反派就是那个锅炉房的工人。那个二溜子掌权后就看上了易丹的母亲，易丹的母亲是学校里最漂亮的女人，漂亮的女人往往容易受到侵害。那个造反派没有得手，就对易丹的母亲怀恨在心。

一次，他让易丹的母亲去锅炉房给老校长送学习材料，她不知是计，结果出现了一场老校长和他的"老情人"在改造期间通奸并被人捉奸的闹剧。那个时候公检法被砸烂了，定罪仅凭三个人的证言，那三个人证明自己亲眼看见了通奸的过程。易丹的母亲就被抓了起来，并和老校长一起，身上挂着大牌子和一串破鞋游街。易丹母亲实在忍受不了耻辱，在教学楼的顶楼上吊了……

听了易大夫的讲述，唐凌的身子全凉透了。

大概是伤心的往事，加上酒的作用，易大夫也有些激动了，灯光下他的脸泛起红润的光泽，眼睛里闪烁着泪光。易大夫对唐凌说："从你来看易丹这事儿上，我看你行，你以后能对易丹好！你是知道的，易丹受了不少苦，把易丹交给你我放心，如果易丹她妈妈在天有灵，她也会高兴的。"

唐凌不停地说："你们放心吧，我一定会对易丹好的！"

唐凌在易丹家住了五天。那五天，是唐凌和易丹相处时间最长的日子，易丹心灵手巧，心地善良，这些都让他的内心充满了感激。他觉得，为了易丹，受到比他的冻伤还大的痛苦他也心甘情愿。

那些天，易丹给唐凌织的毛裤已经完成，在十五度灯泡昏暗的光线下，易丹比照唐凌的腿量长短，他们的手就在毛裤下偷偷地握着。易大夫和易丹的继母是两位慈爱并开通的老人，有的时候故意回避一下，以便两个年轻人有一点自己的空间。他们就在小屋里拥抱着，长久地接吻。

易丹把织好的毛裤递给唐凌试穿，唐凌接过毛裤，用手扣着毛裤前的开口处，他笑着问易丹："怎么？这还是开裆的？"

易丹就过来打唐凌："你这个坏蛋，以后不要指望我理你！"

那些日子是令唐凌心醉的，他整天和易丹厮守在一起，有点像书上常说的"耳鬓厮磨"或"如漆似胶"，时至今日，那些日子里发生的事他还历历在目。有易丹在身边的时候，唐凌发挥了极大的想象力和创造力，比如，他给易丹家做了八角的灯笼，对林场来说，灯笼是一个非常重要的装饰物，进入腊月以后，很多家庭开始挂灯笼了。拉上电线，接在有铁滑轮的绳子上，慢慢地挂到大门口七八米高的落叶松杆子上。在远处看，林场的点点灯火都是灯笼发出的，而不是房子里发出的，因为天气寒冷，每户人家的窗户在夜晚来临的时候就用毡子或棉被捂上了，根本透不出灯光的。

除了灯笼之外，唐凌还为易丹家冻了冰灯，他的方法是这样的，把一个水桶里灌满了水，在水桶的边缘放上刻着"福"字，或者代表吉祥的花鸟图案的剪纸（剪纸是易丹和唐凌小时候练就的功夫），然后，把盛了水的桶放在屋子外面。等水冻了一层冰之后，他和易丹就把水桶拿回来，把里面没有冻冰的水倒掉，这样，冰灯就完成了。那个冰灯的四周有花花绿绿的图案，里面点上灯，色彩缤纷，晶莹剔透，非常漂亮。

在易丹家的时候，唐凌还和易丹去了北山。他们拉着柞木做的雪爬犁，到山顶时，太阳呈现出玫瑰红色，一望无际的山峦十分静谧。

那些山上有断断续续的积雪，积雪最多的地方是树少的地方，比如林场旁边的河和河床，比如林场的小操场。林场的房子上都覆盖着雪，烟囱从棉絮般的积雪中露出头来，冒着灰色的烟。

　　山上除了墨绿色的松树外，还有很多白桦树，白桦树没有了叶子，傍晚，光溜溜的树干白得比积雪还耀眼。

　　易丹对唐凌说，你看八号林班那个山头，我们还在那里种过树，是不是有一个一九七五年的字形，那个时候淘气，撒树种的时候，把年代记在山上了。你说，如果二十年后，那些树都长大了，那该是什么样儿？

　　唐凌说，那个时候，我们就带着我们的孩子回来，对他进行"革命传统"教育。

　　"你想得美，"易丹说，"我可没答应同你结婚啊。"

　　下山的时候，他们就坐在雪爬犁上，易丹有些不情愿，她觉得自己是大人了，不该玩爬犁了。唐凌不管那些，把易丹抱到爬犁上，一路呼啸着向山下滑去。

　　爬犁滑下的时候，易丹吓得直叫，她死死地抱住唐凌。唐凌也缺少滑爬犁的经验，结果，两个人都滑到一个深沟里。好在那时候穿得厚，加上沟里的积雪多，不然，唐凌可能旧伤未愈又添了新伤。

　　唐凌也忘不了晚间林场里的大秧歌。在林场办公室前的广场上，拉在篮球架子上的几个灯泡亮了，林场的大人孩子都穿上了"戏装"，他们不约而同地聚到一起，在锣鼓和唢呐声里，排起长队扭了起来。唐凌和易丹也加入到那个队伍之中。

　　扭秧歌很容易学，走几步就可以混进队伍里了。

　　扭秧歌的时候，唐凌开心极了，易丹就在他的身边，他们尽情地舞动着青春的身姿。唐凌看到，在夜晚的灯光下，易丹的大眼睛格外水灵，加上在寒冷的天气里一运动，她的脸上升出两朵红云，他被易丹的美深深打动着。

　　那个时候，他们对未来做了很多美好的描绘，憧憬未来时，他们的目光由于激动而闪动着晶莹的光芒……

　　春节过后，他们两家的大人按当地的风俗互相走动了一下，算是给他们两人的事定了下来。易大夫带易丹回访唐凌家的时候，唐凌的父亲还把易大夫灌得大醉，尽管当时唐凌对父亲很有意见，不过现在想起来，那时候多真诚啊。无论他父亲还是易丹的父亲，他们都从心眼里高兴。

返回学校的时候，他们一路同行，像一对小夫妻那样彼此关怀着。到了学校之后，唐凌每隔一两天总要去易丹那里。

后来，学校组织他们参加毕业实习，分别前，易丹把唐凌所有的衣服都洗了。那天，他们在两校之间的树林里待到夜晚。临别时，唐凌再一次强调他们要每天写信。"反正我每天都给你写信的。"

"我也是，"易丹说，"如果通信不方便，每天也要写，等实习结束了，我们再交换信。"

"好，"唐凌说，"拉钩。"

他们就把小手指头钩在了一起，异口同声地说："拉钩上吊，一百年都不许变。"

唐凌把易丹送回了宿舍，易丹上楼前把唐凌抱住了，对唐凌说："你每天都要想我啊！"

"我会的！"唐凌说。

然而，就在他们参加实习期间，仿佛一场瞬间来临的飓风，把唐凌和易丹建立起来的一切都席卷而去，抛向高空，什么也没有留下。

唐凌去实习的地方是离学校所在的省城一百公里的一个地级市，他几乎每天都给易丹写一封信。易丹则在另一个林业局里实习，每天也给唐凌写一封信。

就在他们讨论接触社会的感受和毕业分配去向的时候，易丹的信突然中断了。

一开始，唐凌还不太在意，他知道易丹他们实习的地方流动性大。然而，一直到唐凌实习结束，他仍没有再收到易丹的信。

当时，唐凌这样想，回到学校，易丹会把她每天写的信一起交给他的。

唐凌回到学校，他根本没回宿舍，就匆匆忙忙赶到林业大学，在易丹所在的宿舍楼前，他听易丹的同学说，易丹已经得了病，请假回家了。

这时，唐凌才感到事情有些不妙了，即使是易丹病了，她也不该瞒着他。会不会发生其他什么事？唐凌给家里写信，让他父亲去易丹家看易丹。不久，他父亲回信了，回信说，易丹只在家里住了三天，就返回学校了。易丹会去哪儿呢？

唐凌每天都去易丹所在宿舍找她，每一次都是希望而去，失望而归。

就在唐凌焦灼不安，东一头西一头的时候，他收到了易丹的来信。易丹的信写得十分简单，大意是她遇到意外的问题，不可能和他继续保持恋爱关系，请唐凌忘了她，骂她、诅咒她，怎么都行，只要他心里好受些。

唐凌看了信觉得五雷轰顶，他几乎要倒下去了。那之后，唐凌变得沉默寡言，他每天还坚持去易丹的宿舍，不见到易丹他是不会甘心的。

十天过去了，唐凌也有些挺不住了。那天，他终于看见了宿舍楼前站着的易丹。易丹黑瘦黑瘦的，目光有些呆滞。

"易丹！"唐凌喊着，冲了过去。

易丹刚想摆脱唐凌跑掉，还是让唐凌抓住了。

易丹四下看了看，说："唐凌你放开手，这是学校！"

"我不管学校不学校的，"唐凌说，"我要你解释清楚，你为什么提出同我断绝关系？"

"我在信里说过了。"

"你在信里什么都没说。"

"我说了。"说的时候，易丹的眼圈红了，眼泪噗噗地落了下来。

"你没说清楚，我一点都不明白。"

"我们没有机会了。"易丹捂着脸说。

"为什么？为什么？你说话呀？"唐凌摇动着易丹。易丹还是捂着脸。"易丹，你告诉我，你这不是真的，对不对？你说呀，你是同我开玩笑是不是？你说话呀易丹？"唐凌几乎变得哀求了。

易丹还是一言不发。

"易丹，算我求你了，你总要给我一个答案啊？"

易丹抬起头来。她的目光也变得坚定了。她对唐凌说："唐凌，我们之间没有任何希望了，我已经爱上了别人。"

"不可能，"唐凌几乎暴跳起来，他拉住易丹的胳膊，"我了解你，你不可能这么快就爱上别人，不可能……"

"唐凌，这是事实，你骂我吧，打我吧，怎么待我都行，只是，我们之间绝对不可能了！"

"我不信，我就是不信！"

这时，一些同学围了上来，易丹班级的辅导员也来了。他命令几个男同学把几近疯狂的唐凌推走了。

唐凌再去易丹的宿舍，易丹一直躲着他。

唐凌在林业大学闹事的消息很快传回他所在的学校，他受到了警告处分，尽管如此，他还是每天都坚持去易丹的学校。就那样持续了差不多有一个月的时间，唐凌不相信易丹的心会那么冷酷，可事实上，她一次都没有见唐凌。

唐凌的心开始凉了。到他们毕业的时候，唐凌的心已经凉透了，他站在有夕阳余晖的树林边，眺望着易丹学校所在的方向，他的目光冷漠如霜，心死如灰，他最后一次在心里默念着易丹的名字，再见了易丹，我一生都不会原谅你的！

唐凌从往事的纠缠中跋涉出来，他看了看表，已经是凌晨一点了。明天……应该是今天，今天是一个重要的日子，晓凯怎么也该有消息了。

第十四章

　　激情过后，他们都疲劳地躺在那里。像硝烟刚刚散尽的战场，一切都显得寂静，静得可以听到远处山下海水簇拥礁石的声音。

夏乃红在富源宾馆那个可以看到大海的房间里，从天色微明一直坐到天空大亮。

早晨七点左右，夏乃红所在的那个房间里的电话响了起来。她拿起电话，电话是安浩打来的，他仍然是旅居国外的华人常有的那种腔调。

"早晨好。"安浩用英语问候。

夏乃红也用同样的方式作了回答。

"夜里休息得好吗？"

"挺好的，你呐？"

"我也很好。这样，你洗漱一下，我们七点一刻吃饭好不好？我在楼下的餐厅等你。"

"好的。"

"那，我放电话了。"

"……哦，忘了问你，你昨天晚上住在哪儿？"

安浩在电话里笑了笑，说："就住在你隔壁的房间里。"

"知道了。"夏乃红说。放下电话，夏乃红的心情十分复杂，不知为什么，她复杂的心情里有了一种感动的成分，或者说她已经对安浩拥有了感激。

夏乃红很快洗漱完毕，幸亏她随身带了一些化妆品，施了淡妆之后就来到餐厅。

夏乃红出现在餐厅门口的时候，安浩已经在餐桌前等她了。

安浩在夏乃红看见他的同时，他也看见了夏乃红。安浩立即站了起来，迎了上去。

"真是不好意思！"夏乃红多少有些羞涩地笑了一下。

"怎么会？"

"昨天晚上，我一定出尽了洋相！"

"没有啊，"安浩摊开双手说。

说的时候，他们已经走到安浩约定的餐桌前。安浩颇有绅士风度地给夏乃红拉开了椅子。夏乃红似乎也适应那种礼仪定势，她坐下了之后，对安浩道了谢。

安浩回到正面对着夏乃红的位置上，他对夏乃红说："你喜欢吃什么？我为你取来。"

夏乃红转过身子，她才恍然大悟，他们的早餐是自助餐，这样看来，刚刚有过的礼仪更适合晚宴而不是现在，发生在"现在"多少有些滑稽。"我自己来。"夏乃红说，说的时候她已经站了起来。

安浩也不再提议了，他们就分头开始行动，自己选择了自己喜欢吃的东西。等他们回到自己的位置上，又相视一笑，他们在相互对视和做出表情的时候，似乎交流了很多信息，他们已经不再陌生了，隔了一个夜晚，就快速拉近了他们的距离，像彼此认识了很多年。

"以前，我很少喝酒，即便喝酒也不会醉到这种程度。第一次在一起吃饭，你不会对我有不好的看法吧？"夏乃红不像他们见面之初，语言那么有攻击性和挑战性了，她现在变得平缓温和了。

"恰恰相反，"安浩说，"你给我留下了美好的印象，很真实！"

"是真话吗？"

"当然是真话了。"

"其实，我不容易喝醉的，别人想灌我也灌不了，除非我自己灌我自己。而我自己想喝酒的时候，必须心情极好。昨天，可能就发生了心情好的情况……"

安浩会意地笑了，他说："我也是，我心情好的时候也能喝酒。昨天，我喝了比平时多几倍的酒。遇到你真是高兴。"

"'很高兴见到你！'这是一句套话。"

"可是，我说的是心里话。"

夏乃红立即沉默了，她静静地瞅着安浩，她被安浩的话打动了。

安浩也不说话了，他对夏乃红无声地笑了一下，笑得意味深长。

此时，安浩在夏乃红的眼里已经高大和伟岸起来，同时也显得十分亲近。安浩像磁石一样吸引着她，调动和激发着她那敏感的情感区域。比较而言，夏乃红属于善于抓住机会并往前赶的女人，她的内心里始终潜藏着更大的占有和成功的欲望，在她的处境和心情处于低潮的时候，她也对自己充满了想象，她想象自己走在镁光灯闪烁的舞台上，展示她的成功和美丽。她也将在成千上万的崇拜者激情如火的目光中把自己一遍一遍燃烧，最后，眼睛里闪动着晶莹的幸福的泪光。

从这一点上来说，夏乃红觉得自己和好友吴小楠是两种类型的女人，吴小楠的情感类型是封闭型的，她从家庭的或完全个人化的角度来看社会，而夏乃红正好相反。吴小楠需要的似乎是稳定和平静，她在建立了稳定和平静的小天地之后，就固守在里面，不思进取，不喜欢行动，她的行为是被圈定在一个范围内的，她不会冒哪怕一丝一毫的风险来破坏她精心构筑的稳定和平静。

夏乃红就不同了，她不断改变着自己的"理想"，那个理想是一阶一阶的，尽管有时显得不切实际，但夏乃红认为非常重要，正是那些不断丰富和完善起来的"理想"，才激发了她的生命热情，给了她不衰竭的生命动力和能量，从而，使她能获得意外的成功，在意外的失败和打击下也挺得过来。夏乃红知道她自己从不甘心屈服于命运，她相信自己的命运必须由自己把握。

夏乃红觉得，她和吴小楠都生长在这个缺少历史积淀的城市，她们都有一个相对优越的家庭环境，她们的成长是快乐的，没有沉重的思考或生活方面的压力压在脖颈上，也没有什么来限制她们自由发展的个性。但是，吴小楠和她的人生追求截然不同，也许是性格造成的，性格具有强烈的天然成分。夏乃红这样想过。

"你要学会把握自己的情感，你需要小心的不是别人，而是你自己。"吴小楠曾这样对她说。

以前，这句话并没有在她的记忆里出现过，恰恰在这个时候出现了，在她面对安浩的时候，在她的情感又一次出现大面积涌动的时候。她不可能过于持久地埋藏着情感，持久埋藏的结果就像火山熔岩在一点点积蓄能量一般，积蓄到一定程度之后，它必然会以更强烈的方式来爆发，如果那样爆发会完全失去规律，失去方向，后果难以预料。

有一个时期，夏乃红觉得自己变成了死火山，不会爆发了，事实上，她与崔大伟的婚姻经历已经改变了很多东西，包括她对人生的很多看法。唯一不变的是她与生俱来的个性气质和内在丰富的情感世界。

现在，安浩已经触发了她情感的敏感地带，她又一次面临着喷发和燃烧。当然，比起年轻的时候，现在成熟多了，不再理想化，不再完全凭心情做事了。可夏乃红仍有一种急迫感，这种急迫感来自内心，也来自她已有的经验，她怕她失去稍纵即逝的机遇，安浩就是她的机遇。比较崔大伟和郭海洲，安浩更全面一些。崔大伟所给予她的完全是物质的世界，她在那个世界里已经失去了自我，成了那个物质世界的一部分。当那个物质世界在严酷的现实面前被打碎的时候，她也当作物质一起被打碎了。她与郭海洲的关系，是她走的另一个极端，现实中的郭海洲并不适合她，她并没有在郭海洲那里获得她需要的那种情感方式，甚至没有找到自己的恰当的位置和验证自己真实的心态。安浩则不同，他更全面一些，他拥有崔大伟的财富，郭海洲的知识，还有他自己的品位。而最关键的是安浩的"运情"方式，几乎丝丝入扣，直扣夏乃红的心扉。

在喧嚣的社会现实中，在稠居的人群和情感之中，他们那样的"奇遇"和极富想象力的浪漫的交往，犹如稠密的云层里透出了一线阳光，强烈地照耀着夏乃红……

"想什么呐？"安浩问。

夏乃红笑一笑，直率地说："想你。"

"好啊，能说来听听吗？"

夏乃红没说什么，她只是笑了笑。

接下来，夏乃红不瞅安浩，微微垂下头来。夏乃红知道她垂下头的姿势是非常美的，她漂亮的脸庞和漂亮的脖颈会达到一种几近艺术化的协调。

夏乃红宁静地看着安浩的餐盘，那个盘子里的煎蛋被他吃掉了，盘子非常干净。以前，夏乃红不知道该怎样动作优雅地吃有稀蛋黄的煎蛋，她不可能一口把煎蛋吃掉，如果不一口吃掉，那些流淌的蛋黄就挺麻烦的，现在夏乃红明白了，安浩是用餐刀把那个煎蛋切成小块儿，再用那些小块儿和面包块儿将稀蛋黄涂净。这个细节对于激情将要爆发的夏乃红来说，更加确信了安浩不俗的品位。

"真的，不想同我讲你的看法？"安浩问。

夏乃红抬起头，变主动起来，她用了一种近似自言自语的口吻说："我也不知道为什么……怎么说呢？同你交往，我觉得你像我认识了多年的老朋友，特别亲近，你别笑话我，我真是这样想的。"

"我也有同样的感受。"安浩直盯盯地瞅着夏乃红，口气里有鼓励夏乃红的成分。

"我在想，我得马上离开这儿，离开你，不然，我觉得我要出麻烦……"

"怎么会呢，我不会吃人的，如果是的话，昨天晚上我就吃了你啦。"

"正因为如此，你知道，我对你有了，特别的、从来没有过的感觉，我的亡夫也没有给我这样的感觉。我现在挺害怕的，我怕我陷进去。"

"去哪里？"安浩笑着问。

夏乃红用脚在餐桌底下踢了安浩一下，说："你当然知道！"

安浩继续笑，笑过之后，他说："这正是我希望的。"

"可是，你不知道，我一旦投入了就会全身心地投入，我怕我把持不住自己。我不想……"

安浩及时地说："我有个提议你想听吗？"

"什么提议？"

"今天是星期六，你应该休息吧？"

"我想知道你有什么样的提议。"

"我们去打高尔夫球，然后，我带你去海边的农村，我想你一定缺少这方面的人生体验。"

"时间上倒是没问题，可我怕我自己……"

"没有问题，有我在嘛。"

"就是因为有你在，我才担心。"夏乃红这样说，只是，她言不由衷的表情已经暴露无遗。

吃过早饭，安浩就开车带夏乃红去了郊外的高尔夫球场。那个高尔夫球场非常有名，据说在国际上也可以排上名次。以前，夏乃红去过两次，基本上属于参观型的，她对那项贵族运动基本上还是陌生的。

路上，夏乃红想起下午应该去做节目的，不过此时，她也不管那么多了。

安浩开车的姿势很好看，神情专注，不像是去旅行，倒像是走在人生的深处。

夏乃红扭头凝望着安浩的时候，安浩把一只手放在夏乃红的肩上，夏乃红抿了一下嘴，把安浩的手握住了。

积雨初晴，高尔夫球场绿草如茵，大片大片的绿色是可以净化人心的。站在那里，夏乃红的心情愉快极了。有的时候，把画面上的风景搬到现实中来，就会有一种超常的效果。夏乃红这样想。

由于昨天夜里下雨或者别的什么原因，高尔夫球场的正式场地没有开放，他们只好到练习场去。

那个练习场是用拦网圈成的，拦网透明，视野仍很宽阔。

夏乃红基本动作还可以，做出的姿势也满好看的。只是，她击球的水准太低，不是轮空了，就是击不正位置。所以，每击十个球，她也只能击一二个好球。

夏乃红每击出一个好球，安浩都及时地给她鼓掌。

"其实你不用这么频繁地鼓励我的。"夏乃红扭回头说。

安浩打了一个手势："你知道的，我是情不自禁！"

在高尔夫球场，安浩并不急于表现自己的长项，他把更多的时间留在辅导夏乃红上，夏乃红特别高兴。她对安浩说："这地方我来过几次，但最愉快的是今天。"

"你感到愉快，我就愉快了。"

从高尔夫球场出来，他们又到了海边的渔村，在一个条件设施简陋但生意红火的小饭店里吃了饭。那里的海产品特别新鲜，口味淳朴，整个场面热热闹闹的。

这些，夏乃红都有新鲜感，都觉得难忘。

后来，他们就去了蓝嘴子渔村。夏乃红对蓝嘴子渔村已有耳闻，同一些新兴的"生态"度假渔村一样，当地的渔民把自己家装修了一番，用来接待在城市里住腻了，想贴近大自然，寻找新鲜感受的人。

"这里真有反璞归真的味道。"下了车，夏乃红说。

安浩对她做了一个拥抱的手势，夏乃红会意地对他眨了一下眼睛。

安浩并没过来拥抱夏乃红，他转身向车旁的一个小院子走去。

那个农舍就坐落在海滨，夏乃红已经感受到拂面而来的海风，海风十分热情和友好，不时地抚慰着她的脸。同时，伴随而来的海腥味儿也让夏乃红觉得舒服。

安浩和那家主人在院子里商量着，夏乃红听不清他们的谈话，她只看见，安浩给了脸色黑红的老头一些钱，还吩咐了什么。

安浩回来时，他喜滋滋地对夏乃红说："现在到明天中午，这个房子属于我们啦。"

夏乃红乖嗔地瞪了安浩一眼，说："我可没答应你晚上住在这儿。"

"没关系的，"安浩说，"昨天不是住在一起吗？我们已经不是第一次了。"

夏乃红挥了挥手，佯做击打状。"狡辩！"

他们一同走进了那个房子。无论怎样说，那个房子里面还是渔家的条件，同星级宾馆没有可比性。不想，这样反而令夏乃红觉得新鲜，具有安全感。

跨过了门槛，夏乃红就站住了，她仰着头，静静地看着安浩。安浩也没说话，他伸手将夏乃红抱住，他们热烈地亲吻起来。

这一切来得十分自然，或许是长时间的酝酿，他们已经在彼此的注视中把一切都预演了，所以，当真的用身体来接触的时候，就不需要试探和铺垫。

那是一次生命裸露的激情的碰撞，太多的激情飞扬着，喷发着，燃烧着。对夏乃红来说，那是一次真正意义上的爆发，就像沉寂了很多年的火山熔岩的猛烈喷发，她觉得昏天黑地的，炽热的红色熔岩映红了天空，一会儿酡红，一会儿绯红，一会儿玫瑰红……在碰撞和融合中不时崩裂和闪烁着耀眼的火花。

那个过程中，夏乃红觉得安浩是懂得韵律的，他像一个金碧辉煌的音乐大厅里指挥乐队的指挥家，他掌握着这个音乐作品的节奏和方向，或小夜曲般舒缓和柔情，或交响乐般激昂和澎湃……而夏乃红也在沿着旋律飞翔着，从意大利海边的古城堡到阿尔陴斯山下的葡萄种植园，从气象万千的大西洋海到色彩缤纷的澳大利亚的珊瑚礁；从广袤的西伯利亚到非洲的撒哈拉大沙漠，从萧条肃穆的北极到神秘而喧闹的亚马逊热带雨林……这一过程中，夏乃红激动得流出了泪水。

激情过后，他们都疲劳地躺在炕上，像硝烟刚刚散尽的战场，一切都显得寂静，静得可以听到远处山下海水簇拥礁石的声音。

夏乃红抚摩着安浩浸着汗水的胸肌，安浩的大胸肌十分发达，高隆而结实。"你经常锻炼吗？"

"是的，"安浩仍呼吸急促地说，"以前，我每天都去健身房的，回国以后就懒了一些。"

"你还走吗？"

安浩沉思了一下。

夏乃红连忙说："你别误解，我不会由此而对你有所要求的，不过你应该知道，我不是很随便的女人，女人嘛，总是对她的行为有更深的期待……"

安浩笑了笑，说："我理解。"

"可以问你一个问题吗？"

"当然啦。"

"你在国外有妻子或者孩子吗？"

"可以不回答吗？"

"这是你的权利。"

"到目前还没有。"

"这就是说我还有希望。"

"关键是看你给不给我希望！"

夏乃红把安浩搂得更紧了。

"你等一下。"安浩起身下了地，在自己的内衣口袋里翻弄着什么。

躺在炕上的夏乃红把裸体的安浩尽收眼底。她微笑着，满足地欣赏着安浩健壮的身躯，突然，夏乃红的心缩了一下，她看到安浩肚子下方的条形伤疤。崔大伟也有这样的条形伤疤，尽管崔大伟没有安浩这样发达的肌肉，可她还是觉得安浩的裸体里有崔大伟的影子。不过，夏乃红又这样想，男人总有很多相似的地方，至于他肚子上的条形伤疤，割过阑尾的人都有。

安浩重又爬到炕上，他递给夏乃红一个十字架，那个十字架是白金的，十字架上有一个半裸体的耶稣。

"你早就准备送给我吗？"

"不是，我自己戴着的，不过，现在属于你了。"

那天下午，他们上了渔民租给他们的船，在蓝得使人的眼睛生出幻觉的海上钓鱼，尽管他们一条鱼也没钓到，可他们心里仍然觉得收获很大，满载而归。

傍晚，夏乃红开车，她把车开到礁石的顶端，他们下了车，坐在礁石上看海上日落。那时，海面被天空的云彩划分成几个不同的格局，色彩也不一样，有的地方波光激滟，有的地方沉郁凝重。海风一阵一阵吹来，发出呼呼的响声，而他们身下岩石底的海水在轻言细语，浅吟低唱。

太阳渐渐沉入到巨大的圆弧形的海面里，天色很快就暗了。

夏乃红依偎在安浩的身边，想一想，夏乃红噗地笑了。

"笑什么？"安浩问。

"我觉得这一天，已经体会了整个生命的过程，或者这样说，我以前的生命经历都被展现了。现在，面对天边的晚霞，突然有了老年的感觉。"

"重要的年龄，"安浩说，"青春应该在心里永驻。"

"可能吗？"夏乃红抬起头来。

"为什么不可能？"

"每个人都得走向衰老，这是不可抗拒的法则！"

"看看吧，所以说阻止你的并不是年龄光阴什么的，而是你自己的观念！"

夏乃红想了想，不言语了。

过了一会儿，夏乃红对安浩说："我特别……希望这个时候我们能跳舞。"

"这不难，"安浩说，说着就走到轿车前，他把几个车门都打开，放了一首节奏缓慢的狐步舞曲。

安浩来到夏乃红身边，他做了一个欧味十足的邀请手势。

夏乃红突然觉得自己一阵激动，她的鼻子有些泛酸。她努力克制着自己，微笑着站了起来，将手送到安浩的手里。

他们就在那个岩石上慢慢起舞，海风将音乐声似远似近地送到他们的耳畔，夏乃红有了幻觉，她觉得那个音乐不是从汽车的音箱里发出来的，而是来自大自然，来自天籁。

海风松一阵紧一阵的，时不时吹开了他们的衣服，夏乃红想，这个时候，他们跳舞的舞姿一定十分浪漫和飘逸。

这时，夏乃红柔情地叫了一声"安浩"。

"什么？"

"我该怎么办？我想，我已经爱上你了！"

安浩说："我们没有理由阻止爱，让它走向它该去的地方吧！"

夏乃红的泪水终于流了出来，她紧紧地把安浩抱住了……

第十五章

　　他想，易丹走向火车车厢的那段路，几乎就是他们空白了的十五年，易丹带走的将是他整个充满生命雨季的青春岁月……

　　雨晴的那个早晨，唐凌起来得很早，连续多日休息不好，他的脸色泛灰，眼窝儿发青。

　　吴小楠比她起得还早，她煎了面包片，热了鲜牛奶，切了火腿，还用花椒油拌了凉菜。冰默懒洋洋地起来，吴小楠喊了她两次，她才嘟嘟哝哝地来到桌子前。

　　"按惯例，每天一个煮鸡蛋和一杯牛奶是必须吃的。"吴小楠说。

　　"烦死了，"冰默说，"我总想不明白，为什么我不愿意做的事，妈妈逼我做，而我喜欢做的事她反而不让我做呢？"

　　唐凌在一旁忍不住笑了，说："墨菲原理。"

　　吴小楠擦着手过来，严肃地对冰默说："妈妈还不是为你好，你正是成长的时候，需要这些营养。"

　　"可我爸爸说，想吃什么就是对什么需要。"冰默不服气，扭着头说。

　　唐凌连忙对冰默说："别和妈妈顶嘴，她还不是为你好。"

　　"为我好是你们的借口，你们以为我还是小孩好糊弄？"

　　"闭嘴吧，吃过饭还得去上课。"吴小楠大声对冰默说。

　　冰默心里极不痛快，她小声喃喃着："每天早晨都是我最难过的时候……"

　　唐凌感受到早餐的气氛不太对，他表现出了息事宁人的暧昧态度，就对冰默说："鸡蛋和牛奶都是好东西，爸爸小的时候想还想不到呐，你看，我也喜欢吃这些。"说话的同时，他仰着头，把一杯牛奶喝了进去。

吃过了饭，吴小楠带冰默去少年宫学琴，临出门，吴小楠对冰默说："告诉你爸，别光在家里看电视，把家收拾收拾，把脏衣服洗了！"

冰默就转过身来，对唐凌说："爸爸，我妈妈告诉你，让你洗脏衣服……真有意思。我不说，你也全听到了。"

吴小楠和冰默走了，客厅里就剩下了唐凌，唐凌很少打扫房间，他在客厅的地上走了两圈，不知道吴小楠说的收拾收拾具体指什么，他觉得有些无从下手。洗衣服还行，以前，他承担的家务就是洗衣服，他对操纵洗衣机还是挺熟练的。

唐凌把脏衣服集中到了一起，按质地和颜色不同把它们分成三堆，以便分批次洗。那些衣物当中，他的衣服占的比例最大，这些年来，按吴小楠给他养成的习惯，必须每天换一件衬衣，每两天换一件内裤……他的衣物当然最多。

唐凌打开水笼头，或许是"大礼拜"的原因，或许是其他的原因，比如自来水管道维修，已经有了通知，但他没有接到。反正一滴水都没有，水龙头管子里只是嘶嘶地响着。

这样，唐凌就只好打开了电视，手里摁着遥控器的按键，一个频道一个频道地向前翻着，再一个频道一个频道翻回来。

坐在沙发上的唐凌，脑子里出现了吴小楠严肃的面孔，这两天来，吴小楠的变化简直是判若两人，看来她的误解已经形成了，并且还很深。

唐凌结婚的时候带吴小楠回过一趟老家，那是春节前，他们在暖气不足的火车上晃荡了一天一夜，也就在那个时候，唐凌和吴小楠讲了他和易丹的故事。只是，在火车上，吴小楠显得不够上心，她似乎对唐凌讲的易丹并不怎么感兴趣。到唐凌家时，吴小楠就开始发烧了。所以，那个话题就没有再提起。

吴小楠生长的环境与唐凌所生长的环境显然有较大的差别，她不仅不适应那里的气候，唐凌家的生活习惯她也难以适应。吴小楠不能睡火炕，睡了一天的火炕嘴角就起了水泡，唐凌的父亲还为她搭了临时的床。尽管唐凌家想尽了办法，还是无法让吴小楠高兴起来。他们只在唐凌家住了三天，吴小楠也病了三天。

正月初一的早晨，他们就告别了流泪的母亲，返回到星城。

那是一次不愉快的结婚旅行，在唐凌和吴小楠的心里都留下了缺憾和阴影。

那次回老家，唐凌也打探了易丹的消息，很少有人知道易丹的情况，他只在一个中学同学那里得到这样的信息，有人在火车站见过易丹一次，她人很瘦，也显得憔悴。老同学见面总该是热情的，易丹却冷冰冰的，好像心事重重的样子，始终也不谈自己。不过，易丹还是问了唐凌的情况。

唐凌的目光有些暗淡。

……唐凌再同吴小楠提起易丹是两年以后，那时，吴小楠已经怀孕九个多月，就快生冰默了。上大学时的一个"老乡"来看他，那个叫尹树文的"老乡"在校时和唐凌的来往较多，也和易丹一起聚会过。尹树文毕业后分配到林业管理局，易丹也在林业管理局有过短暂的工作经历。

唐凌请尹树文喝了酒，喝酒时他们谈起了易丹。尹树文知道唐凌和易丹之间的事，所以就讲了易丹的一些情况。

根据尹树文讲的情况，唐凌的脑子里形成了这样的印象。易丹毕业前跟了二班的辅导员马革新。易丹在学校里本来就十分招眼，有很多男生打她的主意，那个马革新也早就打易丹的主意。但他们没有一个是成功的，后来，不知马革新使了什么手段，在短短的实习期间就把易丹的心给钳住了。

毕业时，大概马革新也帮了不少的忙，易丹留校了。

那个马革新是工农兵大学生留校的，起码要比易丹大十岁，他早就结婚了。那时，他的老婆和孩子还没从农村调来，所以，就一直与易丹偷偷摸摸地来往着。两年后，马革新离婚无望，易丹大概也想摆脱那个环境，就调回到林业管理局。后来，她的父亲得了重病，为了照顾父亲，她又调回到林业局。回到林业局之后，易丹有了一个男孩，不过，没有人知道那个男孩的父亲在哪里，易丹在一年时间里走了好几个地方，谁也说不清其中的来龙去脉。

酒喝到一定程度，尹树文说："我自己瞎猜的，无非是两种情况，一种是易丹想利用马辅导的有利地位，毕业后帮她留校，你是知道的，我们学校没有你们学校分配的好。另一种是马辅导把易丹给睡了，那个时候不像现在，那个时候的女人，谁睡她她就跟谁了。"

唐凌知道易丹不会利用马辅导的，那个时候，易丹根本没有那样的意识，并且，他们已经讨论了毕业分配去向的问题，他们设计了好几个方案，如果实在分不到一起，他们也做了两地分居的准备。

"第一种情况绝对不可能，"唐凌说，"我了解易丹，其实她特别单纯。"

"那就是第二种情况，可我不明白，你们好了那么久，你没睡了她？"

唐凌感慨万分，茫然地摇了摇头。

那天晚上，唐凌喝得大醉，他回家之后吐得一塌糊涂，吐出了酸水不说，几乎都咳出血来。

也许就在那个痛苦之夜，唐凌将他和易丹以及伤心的初恋故事都埋藏起来，埋藏在记忆的深处。

易丹再有消息是两年前，易丹给唐凌打来电话。易丹的电话把唐凌多年形成的生活秩序给打乱了。这时，唐凌才知道易丹又从林业局到了曙光林场。易丹的继母有严重的风湿性关节炎，而给人看了大半辈子病的易大夫，却治不了自己的病，他患了脑中风，抢救不够及时，已经瘫痪在炕上。易丹为了照顾父母，只好回到林场。

易丹的话令唐凌感到难过，他的内心里充满了悲凉和恐惧。命运太捉弄人了，易丹拼了命想挣脱大森林，结果，命运一步一步又把她逼了回去，回到原来的出发地。

易丹说她有一个儿子，她的儿子没有父亲，孩子总是问她要爸爸。易丹说，她已经深刻体会了被伤害的痛苦，她不想儿子幼小的心灵受太大的伤害。她恳求唐凌假扮她儿子晓凯的父亲，同他通信，给他以人生的指导。"唐凌，我想了很久，可除了你之外，我真是没有可找的人，你理解我的想法吗？"

"我理解。"唐凌声音颤抖地说。

"这样，尽管蒙骗了他，他长大以后，他会理解的。"易丹说。

"我会的，我会努力做好的。"唐凌一点也没有犹豫，他觉得那个时候，易丹对她提出什么要求他都会答应的，易丹太不容易了。

很多年以来，唐凌一直认为他是那场几乎投入整个生命情感的爱情中的悲剧人物，他是受害者，而易丹是加害者。后来，他的情感随着年龄一起成熟起来，他想，易丹的情感世界里是不是也有累累伤痕呢？

接下来的两年，唐凌同晓凯开始了不间断的通信，他一步步进入了角色，有的时候，他几乎忘记自己是晓凯的假爸爸，他隐约地觉得他在遥远的北方有一个磨不掉的童年记忆，还有一个同自己小的时候一样艰难成长的儿子。

在通信的时候，他也被晓凯纯洁善良的心灵深深打动了，他想，这是易丹言传身教的结果。唐凌也知道，易丹在曙光林场的小学教书，这样看来，曙光林场的孩子们也是幸运的，易丹会把他们带出大山，给他们引出一条希望之路……

想到这儿，唐凌的记忆中断了，他想起晓凯，他知道，如果今天还没有晓凯的消息，他就不得不往坏一些的方面打算了。

唐凌看了看表，已经九点半了，他拿起电话，给曙光经营所打了一个电话。电话没有人接，唐凌又给易丹留电话的小镇打了电话。对方说没见到易丹。

唐凌情绪低落地放下了电话。

不想，唐凌刚放下电话，电话铃骤然响起。

唐凌立即把电话拿了起来。

"是唐凌吗？"易丹终于来了电话。

"是我，易丹，见到晓凯了吗？"唐凌问。

"没有。如果他回来了，早就应该到了。……你有他的消息吗？"

"现在还没有。易丹，你别着急，一有消息，我会立刻通知你。"

"我知道。"

"你在哪儿打电话？"

"在火车站。"

"在哪个火车站？"

"星城火车站。"

"你已经来星城啦？"

"我没有别的办法……"

"你别走，我马上就赶过去。"

唐凌匆匆忙忙下了楼，准备拦一辆计程车，谁想，他越焦急，出现的空计程车越少，唐凌不时地挥动着胳膊，眼看着一辆一辆载客的计程车从自己的身边驶过。

唐凌终于拦了一辆计程车，一上车他才想起来，火车站那么大，找起人来挺麻烦的，况且，他十几年没有见易丹了，也不知道自己能不能立刻认出易丹。刚才与易丹通电话时，他应该问清楚，起码要与易丹商定一个标志物明显的地方见面，那样，他就可以快一点见到易丹。

在车里，唐凌也想到了晓凯。去年冬天，他到北方出差，回了林业局一趟。本来，他动意去看看那个叫晓凯的"儿子"，如果那时去了曙光林场，也许，就不会发生今天的事了。尽管唐凌不知道晓凯为什么来找他，不过他想，晓凯见过他之后，也许就不来找他了，即便来找他，也会找到他的，他也认识晓凯，不会像现在这样，晓凯从他的身边察肩而过，他也不一定能叫出他的名字。事实上，唐凌没有去曙光林场，他觉得自己无法面对易丹，面对他充满伤心记忆的地方。

唐凌赶到火车站，在熙熙攘攘的人群中，他左顾右盼着，还是见不到易丹的影子。

正在唐凌焦躁万分的时候，有人在他的身后轻轻地叫了一声"唐凌！"

唐凌回过头来，他有些发愣。这是易丹吗？当年那个明眸皓齿，笑声明丽，全身充满着青春活力的易丹？

现在，一位脸色苍白、衣着朴素的女人站在他的面前。她显得那么疲惫和瘦弱，如果不是唐凌对易丹的印象刻骨铭心，他是无法确认眼前的女人就是易丹的。

"我的变化太大了，你是不是不敢认我了？"易丹笑着说。

"不是，"唐凌说，"其实我的变化才大呢，读书的时候不到一百三十斤，现在快一百八十斤了。"

说起来，在这些年里，唐凌多次想象过他和易丹相逢的情形，他还设计了几种不同的场面。不过，几乎所有的设计中易丹都是青春时的面孔。现在，他们真的见面了，唐凌的内心被一种巨大的辛酸的潮水所淹没，他觉得呼吸困难，手足无措。

也许有太多的话要说，他们似乎不知道从哪里说起。想一想，当初那一重重的未解之谜尚未揭开，他们又分别了十年，这该堆积多少语言啊。

易丹努力笑了笑，说："真对不起，我没想到给你添了这么大的麻烦！"

唐凌说："没什么，现在还说这些客套话干什么？最重要的问题是找晓凯。"说完之后，唐凌又有些后悔，他见易丹的表情沉重起来。

唐凌连忙补充说："不过你放心，晓凯肯定不会有事的，只是时间问题。"

"真的，"易丹表情复杂地说，"如果晓凯有什么事，全怪我……"

"不会有什么事，晓凯不小了，我在他那么大时已经爬火车了。我能看出来，晓凯这孩子行！"

易丹的眼里还是溢满了泪水。"我知道你是在安慰我。"

唐凌似乎不敢看易丹的表情，他轻轻地扶了易丹的肩一下，说："没关系，想哭你就哭吧！"

易丹没有哭，她反而把头抬了起来，她说："我有心理准备。"

唐凌觉得他们不能总站在火车站，就带着易丹去了站前的一个饭店。在那个装修豪华的饭店里，易丹显得有些局促不安。

他们在一个叫"飘"的包间里坐了下来。他们坐的位置正好是一个斜线，也就是说，唐凌可以看到易丹的侧脸，易丹也同样可以看到唐凌的侧脸。

他们本可以仔细端详对方的脸的，那个相聚时极端亲切，分别是百般牵挂的面孔，有多少次走入梦境之中……事实上，他们只是轻描淡写一般对望了一下，就把百感交集的目光移开了。

唐凌长吁一口气，他想，时过境迁了，他们已经从青春走出，步入平静的中年了。

服务员走过来，问他们要什么。唐凌问易丹，易丹说现在一点都不饿。

"那就先上壶茶吧！"唐凌说。

"上什么茶？"

"好一点的。"

"毛尖怎么样？"

"行，要快点儿。"

唐凌说的时候，易丹正在看菜谱，她说一壶茶80元，太不可思议了。她诚恳地对唐凌说："唐凌，我看还是算了吧，我一点都不渴。"

"你别担心，"唐凌说，"这个价格算正常的了。"

他们彼此的目光又一次碰撞了，唐凌刚触及易丹目光的锋芒，又连忙将视线躲藏起来。

这个时候，他们都显得拘谨，连一个亲密的动作都没有，他们还不能谈别的话题，唐凌对易丹笑了笑，易丹也对唐凌笑了笑。

茶水上来了，唐凌喝了一口茶，决定从找晓凯讲起。

"确切地知道晓凯来找我，是你给我打电话的第二天，那天，我去了世纪街邮局，我在那个邮局租了一个信箱，是专门同晓凯通信用的，他大概找到了那个地址。"唐凌把他找晓凯的过程向易丹讲了一遍。

在唐凌看来，易丹要比他想象的冷静，他不知道易丹是故作平静还是太多的磨难已经令她形成了一种状态，那种处变不惊的状态。

"要不要这样，等我们吃过饭，我带你再找一圈儿，可能的地方都找一找。"

易丹说只能那样了，不过，饭就不要吃了，这时候什么也吃不下去。

唐凌理解易丹寻找晓凯的急迫心情，他带着易丹出了饭店，拦了一辆计程车。

他们到世纪街邮局的时候已经临近中午，唐凌接到了吴小楠打来的电话。唐凌让易丹进邮局里等他，他自己则来到车水马龙的大道边。

吴小楠在电话里异常恼怒，她大声问唐凌："你在什么地方？"

"我在外面有事。"

"唐凌，你真了不起，你想破坏这个家也用不着采取这种方式！"

"怎么啦？你急头白脸的？"

"怎么啦，家里发大水了。全淹了怎么啦？"

唐凌一拍脑袋，他走的时候忘把水龙头关了。

"我现在真有事，等事情结束了我再向你解释。"

"别说没用的，你回不回来吧？"

"我现在不能回去。"

"好，你了不起唐凌，你就死去吧！"

吴小楠哭着把电话摔了，唐凌也傻了。

易丹就在邮局的门口站着，路上的噪音大，她不一定能听清唐凌讲了什么，但她一定从唐凌的表情上看出了什么。

"有事吗？"易丹关切地问。

"没什么大事。"

从世纪街邮局出来，他们又跑了世纪街派出所，跑了海港、车站的派出所。他们仍然没找到晓凯的任何线索。那一路，他们都保持着平静的状态，都做得很得体。他们交谈的内容主要围绕着晓凯。

他们跑完那些地方，已经是下午三点了。

唐凌对易丹说，实在不行，就得在报纸上发寻人启事了。以前，唐凌也想过这个办法，想的时候他多少还有些顾虑。现在，唐凌仿佛在一瞬间勇敢起来，他决定在报社发寻人启事，并且写上自己的名字和联系电话。他知道，有些东西比起家庭和单位的误解要重要得多。

易丹说："要不这样，你再坚持两天，我今天就回去，回去以后我给你来电话。"

"你说什么？今天回去？"

"是，我今天得返回去。"

"怎么可能，你今天早晨刚下的火车，还没有休息一下。"

"我没问题的。"易丹说。

"可是，你这么匆忙，还没找到晓凯。"

"我在这儿也没什么用，和不在这儿一样，有你就行了。再说，我一走，四个班的学生都得停课，我不可能靠下去。"

"你真的坚持今天走？"

"我来过，心里就平衡了。以后的事只好托付给你了，唐凌，我从心里不想这样麻烦你，可我没办法。"

"易丹，你别这样想，我情愿这样做！"

唐凌阻拦不了易丹，所以，他只好陪易丹去买车票。到了售票处，唐凌就去找火车站里的熟人，希望买到一张卧铺票。由于时间仓促，唐凌想找的那个熟人没在单位，唐凌决心阻止易丹。易丹在星城只停留了一下就走，无论从哪个角度，对找晓凯，对她自己的身体，对唐凌多少年没有勇气面对的难题都说不过去。

唐凌从二楼气喘吁吁地跑了下来，到了售票处，易丹还站在那里等他。

"你今天不能走！"唐凌语气坚定地说。

易丹感到十分为难，她说："我们已经说好了。"

"可是，没有卧铺你怎么走？"

易丹笑了，说："我来的时候也没坐卧铺。其实，我挺习惯的。"

"不行，你不能连续疲劳的，不然身体就垮了。"

"没关系。"

"我不能让你走！"唐凌大声说。

"我已经把车票买好了。"说的时候，易丹举起了手，她的手里果然露出一张车票。

"你为什么不等我回来再买。"

"本来就不用那么麻烦的。"

"票可以退掉的！"

"唐凌，"易丹的眼圈儿又红了，"你别再难为我行吗？算我求你啦！"

唐凌开始沉默了，当年的影子又浮现在眼前，那个时候他没有争过易丹，现在，已经是另一番情形了，他争过易丹又有什么意义呢。

他们相对站立着，彼此都不讲话，那个时候，语言似乎失去了作用，他们只用心在交谈着。

送易丹走的那天晚上，街上又下起了小雨。这座城市在昨天夜里已经下了一场小雨，本来上午已经晴天了，这会儿又雨丝缠绵，稀稀拉拉地落起了雨滴。

他们从站前那条欧式步行街穿了过去，小雨中，很多青春的记忆又簇拥到了唐凌的眼前。唐凌觉得他的心又开始微微颤栗着。

"我给你送行，你总是同意的吧？"

易丹点了点头。

在易丹的坚持下，他们在车站附近找了一个小饭店。

他们在饭店的小包间里坐下，那个包间小到只能容纳他们两人的身子。"挤了点。"唐凌强作笑颜。

易丹也苦涩地笑了笑。

唐凌点菜时，易丹不再阻拦他了。唐凌给易丹点了几个海产品，他想把这个推迟了十五年的聚会安排得有纪念意义。

在吃饭过程中，易丹努力不提晓凯的事，唐凌理解她的用意。

易丹说："这座城市太美了。要不是因为晓凯的事，我真该到刚才咱们走过的步行街逛一逛。女人嘛，有的时候逛街并不一定要买东西。"

唐凌说："要不我们就去逛一逛。时间还来得及。"

易丹苦笑着摇了摇头。说："我不过说一说而已。说起来挺有意思。我曾多次梦见大海。在海里游泳，游啊游，永不知疲倦。我曾想，总有一天，我一定到大海边走一走，从日出走到日落。听大海的潮音，听海鸟的鸣叫……你不知道，我对大海有多向往，它总是不断地走进我的梦中……"

唐凌似乎听出易丹指的大海是什么，他的心紧缩着，心里默默流着泪。他开始大口大口地喝酒，不一会儿，就觉得热血涌到了头顶。

"易丹，也许，有些话不该在这个时候讲，可对于我来说，这是十五年来，我们第一次走近的机会……易丹，我想问，当初在大学，为什么在短短的一个月，你对我的态度就变了，而且，一点机会都不给我，你知道我是……"

"我遇到了一件麻烦事，怎么说呢，这件事与你无关，我不想让你……也许是命运……"

"到底是什么事？"

"你见过姓马的那个辅导员吧，对，是马革新，我们到林业局实习的时候，他趁机侵犯了我，我当时特别软弱，没有勇气告他。所以，当时我无法面对你的感情。后来毕业了，我也被留了校，留校是他操持的，他继续纠缠我，纠缠了我两年……后来，后来我就回到了林业局！"易丹也开始大口地喝酒。

"你别喝了。"唐凌大声喊。

易丹停了下来，她满眼泪水地望着唐凌："对不起唐凌，唐凌，真的对不起了。"

唐凌把易丹的手紧紧地握在手里："易丹，你多糊涂啊，你当时为什么不跟我说，你不是爱我的吗？不是信任我吗？那个时候，能帮你分担痛苦的就是我啊……"

"你知道我怎么想吗？我对你的爱已经刻骨铭心，已经融入血液之中，我不想把已经残破了的自己交给你，我多希望我们的爱完美无缺啊！"

"可你知道你这样做的后果吗？你的一个贞操观，却牺牲了我们整个爱情，以我们两个人的感情悲剧为代价……"

"求你唐凌，别说了……"

"不，我要说。"

"唐凌，别说了。"易丹伸手来捂唐凌的嘴，她的手颤抖着，冰凉冰凉的。

唐凌从歇斯底里的状态中平静下来。

过了一会儿，易丹慢慢地说："唐凌，你想过没有，我们属于我们那个时代，我们不可能超越我们成长的环境和时代的局限。也许在现在，我们都会改变看法，人生是分阶段活的……不过，我还是敢于对属于我们自己的阶段负责，那里的美好是不可替代的，那是我们个人历史中的财富……"

唐凌默默地喝着酒，注视着易丹："易丹，我……想问一问……晓凯，晓凯的父亲，是那位……马辅导吗？"

易丹沉默了一会儿，她拢了一下头发。说："是。我原本不想说的。人总是要有点秘密的，我原来下决心要把这个秘密带离这个有浊气的世界……晓凯是纯洁的，他是个好孩子！"

"真难为你了，易丹。"唐凌又要倒酒，他的手被易丹抓住了。

易丹满脸泪痕，她带着哀求的音调对唐凌说："唐凌，你真不能再喝了，我求求你……你不知道，我这次来除了是晓凯的原因，还有一个重要的原因是来看你，我不知道我还能不能再看到你了……"

"你怎么说这样的话？"

"……可不是吗？我们一别就是十五年，再见面还不知道什么时候。"

"我不愿意听这样的话。"

"我说的是真话，唐凌，我想见你就是想当面表达我对你的感激，不仅是晓凯的事，还有对我，你的爱是我生命中爱的全部……有的人，在一生中并没有真正地爱过，而我有过，足够了。我觉得我没有白在这个世界上走一回。谢谢你唐凌，我从心里感谢你！"

唐凌用力握着易丹的手，握得自己的手都有些生痛。

"唐凌，一定得对嫂子和孩子好，我们没有多少走错路的机会，一定要珍惜啊。"

"我知道。"唐凌说。

"晓凯你放心吧。"易丹反而来劝唐凌。

"我放心，我对他有信心。"

"他没事！"

"我知道。"

"你不用担心！"

"我不担心……"

就这样，唐凌在带着雨的暮色里送走了易丹。看着易丹瘦弱的身影走向火车时，他想，易丹走向火车车厢的那段路，几乎就是他们空白了的十五年，易丹带走的将是他整个充满生命雨季的青春岁月……

车快开动时，易丹又突然跑了下来。她来到唐凌面前，她的脸都湿了，不知是雨水还是泪水，她仰着脸对唐凌说："唐凌，你能再拥抱我一下吗？"

唐凌再也抑制不住自己的感情，泪水夺眶而出，他紧紧地把易丹拥抱在怀里。

这时，发车的铃声响了，他们不得不分开了。唐凌把易丹送上了车，而唐凌被列车乘务员给挡在了车下。

易丹站在乘务员的身后，她瘦弱的身子只露出了一角。易丹一只手捂着嘴，一只手不停地向唐凌摇晃着……

　　火车缓缓地开动了。唐凌跟着火车向前追赶着，车厢里人头晃动着，他不停地挥动着手臂，可他一直没有看见易丹的影子。

　　火车开远了，唐凌呆呆地站在站台上，他的眼泪和雨水一起模糊了……

第十六章

唐凌仿佛觉得，自己是一艘经历了太多风雨的帆船，身心已经疲惫，就在他急于驶入家这个避风港的时候，不想，又一个风暴从港湾里盘旋而起……

雨渐渐小了。雨刚刚停下的时候，这座城市显得格外亮堂。

城市的明亮来自地面，由于水的原因，各条街道上都映衬着灯影，包括路灯、街两边的广告灯，以及路面行驶的汽车的灯光。这个时候，城市显得晶莹透明，显得堂皇而亮丽。唐凌想，也许人们习惯了天空，对来自天空的亮色反应迟钝，相反，对来自地面的亮色却有着强烈的感受。

承接着送易丹的沉重心情，唐凌对小雨之后的城市并不同于大多数人的看法，他突然觉得有些东西是可以透彻起来，一如这明亮起来的城市，即使是深埋在心灵的底层，埋在自己都无法分辨色彩的幽篁之中，也会有生命的烛光来照耀的……

易丹已经走了，唐凌生命之中的一个故事也有了完整的结论。人生大概是分阶段活的，每个人都无法回避。

唐凌走过站前那条街之后，他才想起吴小楠。在家里的吴小楠还不知道怎样怨恨他呢。也难怪，家里发了"水灾"，唐凌是导致这场水灾的直接责任人。同时，吴小楠也许还有另一层想法，她觉得自己面对的不仅仅是看得见的"水灾"，说不准，还有一个她更难应对的"灾难"等着她呢！

换个角度思考一下，如果自己是吴小楠的话，会不会一样生气并大发脾气呢？

唐凌想到这儿，他决定快一点赶回家去。

唐凌坐上了计程车，那是一辆在这座城市越来越少见的东欧产的"拉达"，这些淘汰车型已经被国产的"桑塔纳"逐渐取代了。在取代那些车的同时，也取代了每公里一元的车费。那辆车的确是老旧了一些，他坐的座位直摇晃。不过，那辆车的司机却很年轻。

计程车在一个路口停下了，它的前面又塞了很多车。

司机比唐凌还焦急，他打开车门望了望，嘟嘟哝哝地骂了一句。

唐凌也伸出头来张望了一番，前面可能出了车祸。在拥挤的汽车前面，停了一辆有轨电车，大概是有轨电车和汽车相撞了。

有轨电车是这座城市的特色，现在，国内还有几个城市保留着有轨电车唐凌不知道，不过，在唐凌看来，那些弥漫着另一个时代气息的交通工具，总还算给这座缺少历史的城市一点丰富的感受。

与吴小楠谈恋爱时，他们常坐有轨电车。吴小楠靠在他的肩上，车窗外的灯光一会儿明亮，一会儿幽暗，他们伴随着铁轨连接处咣当咣当的响声，慢慢地体会相爱的感觉。

唐凌还记得，有一次，他们在星海公园里的海滩上坐着，他们聊得太投入了，没注意到海水涨潮，等他们意识到的时候，他们的周围已经是一片抖动着灯影的海水，有点"汪洋一片"的感觉。

那个时候，海滩上的人已经少了，喊人也没用。吴小楠提议游泳游回去。唐凌长在北方，基本属于"旱鸭子"，虽然会一点狗刨什么的，但他从未游过近百米的距离。

吴小楠会游泳，在她的鼓励下，唐凌还真的超长发挥了。当然，衣服还是吴小楠用头顶上岸的。

上了岸，吴小楠兴奋地说："这是我最难忘的畅游。"

"对我来说，正好相反。"唐凌喘着粗气说，他仍处于紧张状态之中，好半天也没缓过劲儿来。

他们返回时，坐的就是有轨电车，那时已经快到午夜了，车厢里的乘客就唐凌和吴小楠两个人，吴小楠抱着唐凌的腰，她莺声燕语般地对唐凌说："我多希望这个世界就我们两个人。"

唐凌抚摩着吴小楠的长发，说："傻丫头，那样，世界就停止了。"

"我就是希望我们的爱情停止在现在这个阶段，永远也不褪色……"

现在，他和吴小楠的爱情褪色了吗？他与吴小楠之间有真正的爱情吗？如果有，那么他与易丹之间的爱情呢？从另一个角度来说，在一个人的身上，同时还保存着不同的爱情吗？唐凌觉得自己有些糊涂了。这个问题也许在很多人身上都存在着——失败的初恋和后来的婚姻，每个人都对此追问和思考过吗？

这样说来，就涉及爱情的定义了，这个定义的确切含义是什么？是每个人都有的定义，还是有共同的每个人都可以接受的定义？

唐凌一会儿想到身心交瘁的易丹，她正在北去的列车上，唐凌知道她一定不会休息的，她也许还在默默地流泪。一会儿，他又想到焦虑不安的吴小楠，她也许在家里细听着他上楼的脚步声，盼望他的身影早点出现。唐凌的头绪很乱，他不愿更深入地想，他这样简单地下结论：易丹和吴小楠都是他生命中重要的女人，她们分别属于他生命的不同阶段。

唐凌回到家时，家里的房门紧锁着，他反复敲了几次也没得到应有的回应。他拿出了钥匙，也打不开房门。

唐凌知道，吴小楠又在里面把房门反锁上了。

唐凌想了想，继续耐心地敲着房门。

以前，唐凌有过被挡在门外的经历，吴小楠把房门反锁上，他怎么敲也敲不开门，那种情况发生在唐凌在外面打麻将的时候。有一个时期，唐凌染上了打麻将的瘾，三天两头就在外面打麻将。为此，吴小楠和他闹得十分不愉快，后来，吴小楠就采取了这种办法对付唐凌。

当时，唐凌对吴小楠的做法极其恼火，他认为这个家起码有他的一半，吴小楠没有权利这么做。所以，遇到被关在门外这种情况，唐凌就动怒了，他用力砸门，砸了一通门之后，就走了，到外面找地方过夜。

那是他们结婚的头一年，冰默还没有出生。当然，通过门里门外的较量，他们彼此也都做了让步。唐凌打麻将的时候少了，后来基本不打了。而吴小楠也不在房间里锁门了，即使后来唐凌偶尔在外面打麻将她也就佯作不知了。有了冰默之后，他们的冲突也少了，他们在冰默面前都注意自己的言行，注意对冰默的影响。

没有想到，唐凌已经陌生了十年的现象又发生了。

不过，这次唐凌没有大动肝火，或许他觉得自己应该对吴小楠锁门的事负责，他理解吴小楠现在的心情，或许还有一个原因，在已经渐渐长大了的冰默面前，他应该克制和理智一些。

唐凌在门前耐心地等待了半个多小时，每隔一会儿，他轻轻地扣几下门。尽管唐凌对吴小楠迟缓地打开房门有足够的心理准备，他也不时地对自己进行着告诫和安抚，可在漫长的等待中，唐凌还是觉得胸膛一如增大了压力的容器，积压在心底的火气开始渐渐积聚，并一点点升温了。

"当！当！当！"唐凌终于忍不住了，他朝着自己家的门踢去。

其实，唐凌应该知道，他采取这种办法并不能解决问题，他只是发泄一些情绪而已。从另一个方面来说，他的行为反而会激发吴小楠的斗志，加大她不开门的决心。

不想，门打开了，冰默流着泪出现在门口儿。

"我早就想开门，我妈不让！"

唐凌阴沉着脸，他轻轻地拍了拍冰默的头，说："没关系，妈妈爸爸有一点误解，等一会就好了。"

家里的确发生了不小的问题，整个房间都成了"灾区"，地面的水还没干，地毯被松松垮垮地卷在客厅当中，一些本来应该放在地板上的东西也被凌空架起来，那个场面有点像电影里的大逃亡前的布景。

唐凌径直走到了卧室，他本来想同吴小楠好好谈谈的，可进了卧室之后，他愣住了。

——吴小楠正在打点行装，看样子，她准备离开家。

"你这是干什么？"唐凌说。

吴小楠没瞅唐凌，继续她手里的工作。

唐凌走了过去，他拉住吴小楠，说："有什么话就说嘛！"

吴小楠用力挣脱着唐凌的手，唐凌不肯放开。

"把你的脏手拿开！"吴小楠说。

吴小楠这样说，唐凌自然不愿意听。唐凌忍着火气，把冰默拉到她自己的房间，关上房门之后，唐凌对冰默说："爸爸和妈妈讨论一个问题，你别离开你的房间，你先看幽默故事，过一会，爸爸过来听你讲。"

说完，唐凌就把冰默的房间关严，又回到了卧室。

唐凌来到吴小楠身边，努力抑制着自己的情绪，心平气和地对吴小楠说："小楠，现在我们好好谈谈！"

"没什么好谈的！"吴小楠冷冷地说，说着，吴小楠起身要走，又被唐凌拉住了。

"唐凌，你放手！"

"我不能让你走。"

"你没有这个权力！"

"可是，"唐凌说，"你为什么就不能听我解释呢？"

吴小楠冷笑着瞅唐凌，她一边挣脱着一边说："你不用假惺惺地做样子了，我现在就给你倒地方。"

"你这是干什么？"唐凌大吼起来。

吴小楠也不示弱，她也亮开了嗓门，大声喊："你干什么？你把家搞成这样，你还有脸问我？"

唐凌努力使自己镇静了一些，向冰默的房间看了看，压低了声音说："好，我不同你吵，我们这样吵也不解决问题，冰默不能受侵扰……"

"我看让冰默知道也好，她总要长大的，不能让她生活在一种假象之中，过被欺骗的日子……"

"你这是什么意思？"

"你自己心里清楚。"

"我不清楚。"

"那好，我不同你讲了。现在，请放开你的手！"

"在你没弄清楚之前，我是不会放开的……况且，我忘了关水龙头，也是过失造成的，再说，也没什么大不了的，你何必这样'惊天动地'呢……"

吴小楠用一种几近藐视的眼神瞅着唐凌，说："好，你一定要我戳穿你。"说的同时，吴小楠从口袋里拿出一封信，啪的一声扔到了唐凌的脸上。

唐凌伸手接信，他拉吴小楠的手就松开了。

唐凌松了手，吴小楠并没有走，她用近乎敌视的眼神看着唐凌。

唐凌拿起了信，他知道那封信是他前不久写给晓凯的，那封信还没有邮出。不用打开信看内容，唐凌当然知道那里写的是什么。唐凌在信中与晓凯谈的是"勇敢"的问题，几乎在每一封信里，他都同晓凯谈一个话题。唐凌谈了勇敢在不同历史时期和不同的环境中的存在形式，谈了勇敢与鲁莽、盲目的区别，信中还联系了自己小时候的一些经历。每次写信，唐凌觉得自己都十分投入，他已经把晓凯想象成自己亲生的儿子，感情真挚，言辞恳切……

唐凌给晓凯写信，似乎还隐隐约约地存在着这样一个事实，唐凌的信不仅是与晓凯在对话，还仿佛是与自己的童年对话，他以现在的眼光和理解来重新发现和审视自己的童年，他不希望自己童年的一些不幸在下一代人的身上重现……但是，从吴小楠的角度来说，她在不知情的情况下读那封信必然会有另一种感受，并会得出另一种完全不同于他的结论。

以前，吴小楠从不翻动他的东西，他的很多信件和材料就放在写字台上。今天，吴小楠的行为有些反常。唐凌对此也有自己的看法，他的观念也一向如此，他最反感别人动他的东西，当然，在这之前，这个家庭一直保持着相互尊重和信赖的良好习惯。

这样看来，吴小楠破了这个戒，理应是唐凌提出诘问的。只是，战火已经燃烧到了眉毛，关于尊重个人信件物品的问题已退居其后，已经排不上队了。

"是这样，"唐凌对吴小楠解释说，"我是这个孩子的假爸爸……"

"算了吧，你以为我会相信你的鬼话。唐凌，你不得不让我佩服得五体投地，你居然能蒙骗了我十年而不露声色，你太厉害了，你在这方面的本事是卓越的，像你这么有才能的人在这个世界上恐怕也找不出几个……"

"完全是误会。我只不过是……"

"别编谎言了，你想，十年你都可以蒙骗，你说几句谎言我就信了。"

"你怎么这么固执呢？"

"我当然不好，可我不会做出伤天害理的事。想不到，编都编不出来的事竟然在我的身边发生……"

"我已经跟你说了，你误解了！"唐凌又大声吼了起来。

这回，吴小楠没有同唐凌大声争吵，她继续说："真是做梦都想不到，在光天化日之下，你竟然有两个家庭，两个孩子……现在行了，该解决了。我主动退出！"

唐凌的脸一定气得惨白，他上去抓住吴小楠的胳膊，摇晃着说："你怎么就不听我解释呢？"

吴小楠显得十分冷静，她对唐凌说："唐凌，尽管你是个伪君子，可我还没发现你这么赖皮。你放开我，我觉得你恶心！"

"你再说一句？"

"恶心！恶心！恶心！"

吴小楠说的时候，唐凌冲了过去，他牢牢钳住吴小楠，使她动弹不得。

吴小楠挣脱不开，她就对着唐凌的脸唾了一口唾沫，那口唾沫正吐在唐凌的眼睛上。

唐凌把吴小楠的胳膊松开了，他暴跳如雷，又没有办法发作。他在地上转了一圈，看到窗台上的花瓶，他拎在手里，举过了头顶，然后，用力掷到地上，随着花瓶的清脆的破碎声，唐凌又把床头上的书和台灯等有些东西搂到了地上……

唐凌的吼声和打碎东西的声音，还是把冰默给引了出来。冰默出现在门口，她哇哇地哭了起来。

吴小楠拉起冰默就向外走去。

唐凌一个箭步冲了过去，一下子把冰默抢在怀里。

冰默大声哭喊着，家里乱成了一团。

吴小楠也被动作失常的唐凌吓着了，她连忙躲到了门口。

吴小楠打开门之后对眼睛发红的唐凌说："好，我们法庭上见。不过，你别指望女儿跟你，你没有资格带她的！"

说完，吴小楠就快速下了楼。

唐凌揽着冰默，有点神经兮兮的，那样子好像有人要抢冰默一样。

吴小楠走了，冰默也不哭了，房间里立刻平静下来。仿佛从一个高峰到达一个低谷，静得连厨房水龙头的滴水声都可以听见。

唐凌还是说话了，他对冰默解释说："爸爸并不想这样！"

"你不该让妈妈走。"

"我拦不住她，我也没有办法。"

"可你是男人！"

"她只是暂时不理解，过几天就好了。妈妈会回来的。"

"现在你也不该让她走，天都黑了，她一个人会有危险的。"

"不会，"唐凌安慰着冰默说，"现在时间还不晚，她一定去姥姥家了。不信，过半小时你给姥姥家打电话。"

"还有，我不想让你们离婚。"

"你放心吧，我们不会离婚的。"

冰默还是表现出了孩子气，她附在唐凌的耳边小声说："我有一个办法，我妈要和你离婚，你就把我带走，藏起来，没有我，妈妈是不会离婚的。"

冰默离唐凌特别近，她充满稚气的小脸在日光灯下显得很白，挂在上面的泪痕还没干……看着冰默的样子，唐凌心里十分难过。

冰默果然是在唐凌说的半个小时之后给姥姥家打了电话，打了几遍还是没有打通。冰默对唐凌说："姥姥家的电话是占线的声音。"

"那说明你妈已经安全地到了姥姥家了，她不希望接爸爸的电话。"

唐凌这样一说，冰默才回自己的房间，准备睡觉。

唐凌一直陪着冰默，他继续听冰默念幽默故事。冰默显然有心事，她的声音远没有平时那么脆快。

　　……《美洲是谁发现的》——上课铃响了，地理老师在黑板上挂了张世界地图，准备提问。她指了指地图问："美洲在哪儿？谁能找到？"

　　贝尔说："我能找到！"贝尔走到地图前，找了好一会儿，仍找不到美洲在哪儿。

　　贝尔终于找到了美洲，全班同学都为他热烈地鼓掌。

老师亲切地说："孩子们，现在请告诉我，美洲是谁发现的呢？"

全班同学异口同声地回答："是贝尔！"

唐凌笑了起来，他故意把自己的笑声放大，放大成了哈哈哈的那种。笑一笑，唐凌自己收住了笑，他看到冰默在用一种怪异的眼神儿看着他。

"并不怎么可笑。"冰默说。

"可我觉得挺有意思的。"

"有意思你也不用那么夸张地笑。"冰默仍板着脸说。

"好吧，我不笑了，"唐凌说，"你接着读下一个吧！"

冰默想了想，又读了下去。

……有一个不学无术的青年却常跑书店，一天他问营业员："有啥新书卖？"

营业员问他："你要啥书？"

青年说："不管啥书都行。"

营业员就顺手给他取了一本书。青年一看是《钢铁是怎样炼成的》，便说："我早就不在钢厂了，还是重找一本吧！"

营业员又给他取了一本……

读到这儿，冰默突然停住了，她对唐凌说："爸，我不想读了……"说着就哭了起来。

"怎么啦？我的小公主？"

"我想妈妈！"

"妈妈不是没事吗？"

"你要和妈妈真离婚怎么办？"

"爸爸不是答应你不离婚的吗？你忘了，前两天，爸爸还和你拉

194

钩了。"

"那，再拉一次。"

"好，再拉一次。"

冰默睡着之后，唐凌就站在阳台上抽烟，天已经晴了，可仍然看不到月亮和星星。现在，唐凌真的觉得累了，他甚至觉得有点支持不住了。

唐凌仿佛觉得，自己是一艘经历了太多风雨的帆船，身心已经疲惫，就在他急于驶入家这个避风港的时候，不想，又一个风暴从港湾里盘旋而起……

晓凯还不知在哪里，他是在这个城市里还是已经回到了曙光经营所？还有易丹，易丹坐了一天一夜的火车，没经过休息，又得坐一天一夜的火车，她还承受着那么大的精神压力，她能挺过这一关吗？就在乱麻一样理不出头绪的时候，吴小楠也掺合进来，吴小楠的加入无异于雪上加霜，进一步把唐凌推向艰难的境地。

唐凌一支接一支地吸烟。他家的阳台正对着居民楼，那些居民楼里窗口的灯光越来越少了。

夜很深了！唐凌想。

第十七章

　　她觉得自己就像古代志怪小说中的人物，灵魂被吸走了，剩下的只是躯壳，那个躯壳同青春的夏乃红、甚至前不久的夏乃红没有多少关系了……

　　星期一的早晨对夏乃红来说是重要的。夏乃红所以认为这个早晨重要，是因为她预计安浩会来。她既希望立即见到安浩，又担心安浩在她起床之前就到了，如果安浩是在她起床前到的，那她还没有收拾自己，她不愿意把自己的缺点暴露给热恋中的情人。

　　昨天傍晚，安浩送她回来，他们已经在外面待了两个晚上，夏乃红已经很疲劳了。不过在安浩送她到家的时候，她又有了强烈的冲动，本来她可以再来一次的。后来安浩说他有急事就匆匆忙忙离开了。

　　"做个好梦！"安浩临走的时候这样说。

　　安浩走了，夏乃红才感到自己真是累坏了，很多年她也没有这样"疯"过。两天来，那么多新的东西都堆积到自己的面前，并且来得那么突然、那么快，她本想对那两天的内容进行一番梳理，可夏乃红斜倚在床上想的时候，就不知不觉进入了梦乡。

　　她一定微笑着满足地睡去。

　　半夜里，夏乃红醒了一次，她喝了点水，脱了衣服又睡去了。

　　还有，昨天晚上，她家的电话响了好几遍，她知道不会是安浩打来的，是郭海洲或者吴小楠？或者是别的什么人，她太疲乏了，所以就把电话机摘了下来。

　　长期以来，夏乃红都是在上午十点左右起床的，她的生物钟已经改变了，定在了那个时间段上。而这几天，每天她都起来很早——对她来说已经是很早了。星期天的早晨她也起来得很早，自己的生活从此会有所改变吗？她想。

在这个星期一的早晨七点，夏乃红已经把自己梳洗完毕并吃了早饭，她穿了一套使自己性感一些的衣服，坐在家里静静地等待着安浩。

在等待安浩的时候，夏乃红找出一些爱情主题的音乐来听，那些音乐多是浪漫而忧伤的，夏乃红沉浸其中，她对那些音乐有了不同于以往的强烈感受。

听音乐的时候，夏乃红流出了眼泪。

到上午十点，夏乃红还没有听到令她心跳的脚步声出现，也没有见到她等待中的那个身影。夏乃红有点沉不住气了，她试探着给国际酒店的总机打了电话，总机的接线员很快给她接通了 M 公司办事处的电话。

电话接通了，夏乃红反而把电话放下了。

夏乃红想，我不应该主动给他打电话，她认为她们分手之后的第一个电话应该是安浩挂进来，而不是她。再说，夏乃红还这样想，就是打通了也不一定能找到安浩，也许这个时候，安浩还在床上大睡呢。

上午十一点，夏乃红的电话终于响了起来。夏乃红的心跳突然加快了，她拿起了电话。

"安浩吗？"夏乃红急切地问。

"什么安浩，是我。"是吴小楠的声音。

"小楠啊，你在哪儿？"

"你先别问我在哪儿，你现在有时间吗？"吴小楠的声音急促，显得焦躁。

"有事吗？我听你的声音像地球要毁灭了似的！"

"我现在想见你。"

"这么急？"

"真的，我和唐凌恐怕要完了……"

"别说得那么吓人好不好？"

"真的乃红，我现在很不好。"

"你冷静一点，你们之间到底发生了什么事？"

"我昨天发现唐凌的秘密了……还是见了面再说吧，现在，我已经离家出走了。"

夏乃红笑了，她说我以为发生了什么大事呢，你主要是缺乏经历，一点事都承受不了。昨天晚上你给我打电话了吗？

"对呀，我打了好几遍，后来你的电话占线。"

"小楠，其实有些事是我们自己想象的，事实并没有那么严重。"

"我不骗你乃红，我希望马上见到你。"吴小楠几乎用了祈求的口气。

"可是……"夏乃红犹豫了，如果在平时，她不会让吴小楠这样求她，她会表现得更主动一些，她会毫不犹豫地去见吴小楠的。今天不行，她自己同样面临着重要的时刻。当然，如果安浩找她，她到吴小楠那里或者把吴小楠请到家里，安浩都可以找到她，问题的关键是，她不想让吴小楠把她与安浩在一起的时间分割了。

"对不起小楠，我也遇到了问题，现在不行……这样，等我腾出了时间，我会找你的，我也有好多话要对你讲。"

"那，只能这样了。"吴小楠有些无助地说，显然，她很失望。

夏乃红也没有办法，她也只能这样做。

放下吴小楠的电话，夏乃红觉得房间里静极了，静得有些丧失生气。时间一点一点过去了，事实上一直到了晚上，夏乃红还是没有安浩的消息。

这一天，夏乃红几乎什么也没做，干什么都集中不起来精力，她只是在等待中煎熬着。一个等待的期望落空了，还有下一个等待的期望，这样不断地期望着，新的期望破灭了还有更新的期望……

　　星期二上午，夏乃红彻底把自己本能的矜持和故意做出的姿态抛弃了，她主动给安浩打了电话。

　　令夏乃红震惊的是，M公司的小姐告诉她："安总已经回国了。"

　　"什么时候走的？"夏乃红觉得自己的心已经堵在了嗓子眼儿。

　　"星期一早晨的航班。"

　　"是昨天早晨吗？"

　　"是昨天早晨。"M公司的小姐显然对夏乃红的问话方式流露出疑问。

　　"他什么时候回来？"

　　"很难说，他不是我们办事处的老板，他是我们集团的老板，他很难到大陆的……"

　　"是这样……麻烦你告诉我他在国外的联系电话好吗？"

　　"对不起。"对方礼貌但又果断地拒绝了夏乃红。

　　放下电话，夏乃红的大脑一片空白。

　　夏乃红决定立即去国际酒店，她觉得这一切发生得太突然了，太不合乎逻辑了。难道安浩遇到什么特殊情况，比如有一个特别的理由，他必须在同她分别之后的第二天早晨乘飞机离开了中国，即使这样，安浩也应该告诉她一声的。就是安浩来不及到她的家里和她道别，也应该打一个电话的，他打电话的时间总还是有的，哪怕是在去飞机场的路上，在飞机场的停车场，在候机大厅……无论哪一个地方，他都可以打电话给她。而星期一的早晨，夏乃红早早地起床了，她一直处在对安浩的期待之中。

　　夏乃红来到了国际酒店，在16楼找到M公司驻星城办事处。

　　接待夏乃红的是一位其貌不扬，但声音好听，穿着灰色职业装的女孩子。夏乃红向她讲明了来意，那个女孩子说："我刚才在电话里已经向您说明了情况。我能答复您的只能是电话里答复您的那些。"

夏乃红并不甘心，提出要找一个比那个接待员更清楚情况的人或者她们办事处的负责人。

几乎是在夏乃红的纠缠下，负责接待的女孩子才把她让到了里间，里间一个戴眼镜的男人站了起来。

那人说他姓方，是这个办事处的首席代表。

"我是安浩的朋友，"夏乃红说，"我来是想知道他为什么这么快就离开了，还有，麻烦你告诉我他的联系电话。"

姓方的男人态度也是那种程式化的友好，他说，我们一向谨守规定的，就是不能问老板为什么。所以，我们当然不知道，也不容许查询老板的行踪。我们这一级没有这个权利，这是一个问题。第二个问题，您既然是安总的朋友，您应该比我们更清楚地知道他的联系电话才对。

"我没想到他会这么突然就离开……"夏乃红一时无法说明。

"是这样……小姐您贵姓？"姓方的男人扶了一下眼镜。

"姓夏。"

"夏小姐，是这样的，安总经常在世界各地转，集团总部也常常找不到他的。我们同他联系的方式是发传真，如果您实在需要的话，我们可以帮您发传真。当然，除了业务方面的 FAX 外，我们代您发的传真是需要您自己付费的。当然，安总有明确的指示则可以例外……"

"你这不是使事情更麻烦了吗？"夏乃红不满地说。

姓方的男人仍保持一贯的态度，他说："夏小姐，您这样说就不妥当了。我们当然不希望有麻烦，现在是您麻烦我们，还是我们麻烦您呢？您换了我们的角度想一想，我们没有接到安总的指示，而您又没有任何东西证明您是安总的朋友，您这样要求我们，如果您是我们，您会怎样做？"

夏乃红愣住了，一时无话可说。

"希望您能理解！"男人和蔼地说。

夏乃红看不清男人镜片下的眼神儿，他显得高深莫测。

夏乃红只能垂头丧气地走出里间办公室，出了门，门口那位接待员小姐还热情地为她开门，并说了"欢迎光临"一类的话。

出了国际酒店，夏乃红突然觉得神情恍惚。这就像在一场比赛中，自己被莫名其妙地罚出场地一样，失意，懊悔，怨愤，无奈等诸多感受蜂拥而至，各种滋味搅在了一起，让夏乃红心下茫然，不知道该怎样做。

夏乃红在国际酒店的门口叫了一辆计程车，上车之后，司机问她去哪儿。

"随便！"夏乃红说。

计程车在街道上行驶着，街景也在眼前移动着，在夏乃红的脑海里，她和安浩交往的片段也不断闪现着。难道这一切本来就是不存在的，只是自己的错觉，或一场清晰的梦吗？

夏乃红仔细梳理着自己的思路，她和安浩在小公共汽车上偶然相遇，是星期四的上午，在她给郭海洲买鲜花，并准备给他过生日的途中。

第二天，她给安浩打了电话，那天是星期五，下午三点下了节目，她就遇到了等待在广播电视大楼广场上的安浩，后来，他们去了海滨公园，在富源山庄临海的餐厅里用餐。接下来她就喝醉了，并在富源山庄过了夜。

星期六，她和安浩去了高尔夫球场，后来去了蓝嘴子渔村，在那个普通的民房里，他们的交往升华了……傍晚，他们又去了海边看日落，还在岩石上跳舞……

星期日的下午，他们返回到市内，安浩把她送上了楼，临走的时候对她说，做个好梦……这一切都刚发生不久，所有的事对于夏乃红来说都历历在目，清楚得不能再清楚了，怎么会是梦境呢？

如果不是梦境，就是安浩精心策划的，她不过是按照安浩首先的设计，不知不觉地在他导演的剧情中表演而已，不然，发生在三天中的事就过于完美了，事物一旦完美得无可挑剔，就失去了真实性，可自己当时为什么没有意识到这一点呢？

计程车司机说："凡事想开一点，有很多事说过去就过去了。"

夏乃红瞅了瞅司机，她反常的行为一定引起了司机的联想。如果是正常的人，决不会让计程车的司机随便转的，车转的同时，计价器也不断地增加钱的额度。

司机注意到夏乃红瞅他，就说："干我们这行的，什么人都能碰到。"

夏乃红本想告诉那个司机误解他了，可转念一想，那个司机也不是一点道理也没有，夏乃红欲言又止，轻轻地咳了一声。

"你是不是遇到感情上的问题啦？其实，人就这么回事儿，等事情过了，什么难题都不是难题了。"

夏乃红觉得那个司机也像当初的安浩一样，每句话都弹无虚发，直戳她的痛处。

夏乃红有些不高兴，她语气生硬地对那个司机说："请别自以为是地瞎猜了。现在，我去富源酒店！"

司机没再说什么，就把车开向海滨公园的方向。

夏乃红在富源酒店下了车，她直接去了酒店的餐厅。

夏乃红去餐厅时还没到正餐时间，整个餐厅里空空荡荡的，酒店的领班正对着一排背着手的服务生训话。

夏乃红直接来到窗口，来到几天前的晚上与安浩坐过的那个位置上。

一个服务生走了过来，他问夏乃红吃饭还是喝茶。

夏乃红说喝茶。

那个服务生递来茶牌，她就点了价格最便宜的香片（普通茶）。

这样，大厅里就夏乃红一个客人，大厅仍旧是轻柔而缠绵的音乐，窗外还是海，白天的海面波光粼粼，人工养殖的海带玻璃球像光滑的海面上长出的麻子，而海滩上和浅水处也挤了密密麻麻的洗海水浴的人群，那个夜里梦幻一般的灯影没有了，她体内流淌的浪漫的旋律也不见了。现在，眼前的一切都那么具体和真实。

此时，夏乃红想起了吴小楠对她说过的话，吴小楠说人生就像花支票一样，不能透支，透支了，就要付出比实际价值更大的代价。

吴小楠对她说这话时，崔大伟已经被杀了。吴小楠显然是有所指的。那么，她同安浩的交往是不是又一次透支了自己的人生呢？

突然，夏乃红的心猛烈地抖动了一下，她徒生了一个奇怪的念头，安浩会不会是崔大伟呢？想到这儿，夏乃红觉得自己的心脏被什么东西压迫着，连呼吸都有些困难。

关于崔大伟的传说有好几种，其中还有这样一种令夏乃红不安的说法，传说崔大伟根本没死，他十分狡诈，他以自己独特的方式来嘲弄这个按部就班的社会。崔大伟的死不过是他演的一幕闹剧而已。其实，他早就买了中美洲一个小国的护照，并以贸易的方式把资金转移到了国外。而在浙江海宁稻田里的碎尸不过是一个替死鬼，在装着碎尸的包裹里，发现了崔大伟的住房登记卡，仅凭那张登记卡并不能说明什么。至少它留给了人们一些无法证实的悬念……

这会儿，夏乃红把崔大伟和安浩联系到一起，还有一个重要的巧合是，她在不久前看了一个外国电影，那个电影中贩运毒品的大毒枭潜逃国外后，通过医学整容和改变姓名、出生等资料，重新出现在社会之中。

这样联想下来，夏乃红十分紧张，周身笼罩着恐惧。她记得崔大伟潜逃国外的传说是郭海洲对她讲的，所以，她立即给郭海洲打了电话。

郭海洲的手机没开，夏乃红只好给他家里打电话了。

电话是一个女人接的，那个女人问夏乃红："贵姓？"

"姓夏。"夏乃红答道。

"你是哪个单位的？"电话里又问。

"电台！"夏乃红有些不耐烦了。

过了好一会儿，郭海洲才来接电话。

夏乃红已经着急了，她问郭海洲有没有时间。

郭海洲显得十分不自然，他哼哈着，表达极其含混。

"我现在真的有急事找你！"夏乃红大声说。

郭海洲的处境似乎不太好，他连忙说："就这样吧，有关内容的书稿我会寄给你的。"说完，郭海洲就把电话扣死了。

夏乃红知道郭海洲在家里演戏，就更加恼火，她又给郭海洲打通了电话。

"我不是要找你的麻烦，我只是想问你，崔大伟没死的消息你是听谁说的？"

郭海洲在电话的另一端犹豫了一下，说："我没听明白。"

夏乃红把传说崔大伟移花接木，潜逃国外的事说了一遍。"我记得是你对我说的。"

"不对吧？我一点印象都没有，你是不是记错了。"

"我记得是你说的。"

"你再想一想，你接触人那么复杂，又不是接触我一个人！"

"明白了，"夏乃红一字一句地说，"郭海洲，我现在才看出你是什么人！"

夏乃红用力把移动电话的关机键按下。

打完电话，夏乃红才发现大厅里的服务生注视着她。本来，她是想控制声音的，可一旦同郭海洲通了电话，她又抑制不住自己的情绪。

放下电话，夏乃红并没有想郭海洲，崔大伟和安浩所构成的疑问已经让她无法喘息了。安浩的确留给她很多解释不了的问题。比如，在小公共汽车上，安浩何以能先知先觉，尽管安浩做了一些解释，可那些解释并不能让她深信不疑。如果在当时的状态下还可以解释的话，而现在是另一种环境了，疑惑不是被减轻了而是被加重了。

还有，安浩在餐厅时，就在她对面的位置上讲身世，他流畅地讲了另外一个"红"，在给家里寄信时，意外地出了车祸……后来，夏乃红觉得那个情节她似乎是熟悉的，只是一时想不起来。现在，她想起来了，读大学的时候，她看过台湾作家写的一篇小说，那个小说写的正是这样类似的情节……

再有，在小渔村的土炕上，那个裸体的安浩，他的体形与崔大伟那么相像，他的肚子上还有一个条形的伤疤……可自己当时为什么没有对这些起疑心呐？

吴小楠说得对，自己是情绪冲动型的，沉醉在别人编织的爱情的网中，已经丧失了判断能力，已经没有脑子了。

然而，夏乃红并不甘心承认这一切，面对她勾勒出的可怕的情形，她更希望这些都是不存在的。所以，夏乃红又开始寻找理由来修正她的判断。安浩不可能是崔大伟，她毕竟和崔大伟生活了一段时间，女人是敏感的，即使崔大伟进行了医学整容手术，并且是医术水平较高的专家给他做的手术，她也应该认出崔大伟的。因为，对一个人的判断并不是光凭他的容貌，判断是以整体感觉为先导的。问题是，在实践中对人的判断主要还是凭借容貌的，这一点毫无疑问。除了容貌就是声音，声音同样可以进行手术的。

接下来就是用语习惯，要知道，如果真的是崔大伟，他已经在国外漂泊了十多年，环境是可以改变人的话语方式的。同样是时间和经历的原因，崔大伟的生活习惯、行为习惯以及知识结构，认识问题的方式都可能改变了。况且，他是在一个夏乃红不熟悉的环境中改变这一切的，夏乃红当然会觉得陌生。

问题是，夏乃红想，她看过安浩的身体，安浩的身体十分健壮，崔大伟的则显得干瘪，还有，安浩的做爱方式也挺特别的，那是个敏感的过程，如果是崔大伟，她应该有所感应的。可从另一个角度想，夏乃红又否认了自己的判断。健壮的身体完全可以在健身房塑造而成，而做爱方式也可以伴随着环境和经历而发生着变化。十年的空白，完全可以改变人的很多东西。

另外，关于心爱的人在他的目睹下死于车祸的悲惨的故事，现实完全可能重演故事里的悲剧，或者故事重现悲剧中的现实。

这样想下来，夏乃红已经不能自拔了。在她的脑海中，一会儿安浩是崔大伟，一会儿安浩不是崔大伟，她自己也糊涂了。

还有一个更重要的难题是，如果安浩是崔大伟，他这样做的目的和意义何在呢？夏乃红假定安浩就是崔大伟这一事实存在，她想到的第一个问题是，安浩大概在她的身上做一个实验，在崔大伟成功地成了另一个人，成为安浩的时候，他可以大大方方地、甚至受人尊敬地回来做生意。没有人能认出他来，为了进一步证实他已经彻底改头换面了，他接触了他的前妻，她的前妻都认不出来他，别人就更认不出他来了。

第二种猜测是，崔大伟心里的"知识情结"在作怪，由于自卑他已经对"知识"充满了仇恨，他在与夏乃红的婚姻中，他在摧毁夏乃红的尊严的同时，自己也受了伤。所以，他在国外学了一些东西，甚至还拿（买？）了学位。他重新出现在夏乃红面前时，已经变成了另外一种形象，学历和见解都高夏乃红一筹的人，他与夏乃红的交往是想在夏乃红的身上重新找回尊严。

这两种猜测符合夏乃红想象的逻辑，但也存在较大的缺陷，比如，这两种推测都解释不了安浩为什么不辞而别，把所有的困惑、痛苦和疑问都留给她。

也许还有另一种推测，就是崔大伟想用"极端的美丽"来伤害她。夏乃红知道，崔大伟在内心里对她是仇恨的，他用恶劣的办法伤害过她，但崔大伟没有成功，他并没有彻底摧毁夏乃红。现在，崔大伟成了安浩，他用了另一种、相反的方法，对于夏乃红这样的人来说，也许真正能彻底打击她的不是暴力而是"极端的美丽"……

夏乃红的眼前模糊了，她的眼眶里噙满了泪水。

"这些都是想象，都是不可能的。"夏乃红这样喃喃起来。

过了中午，夏乃红就到了海滨公园的海滩上，望着大海和喧闹的人群发呆。

那天下午，夏乃红应该主持节目，快到三点的时候，她的手机响了起来，她知道是单位打来的，没有理睬就关掉了。接着，她的传呼又响了起来。夏乃红还是不予理睬。

整个下午，夏乃红就在海滨公园的海滩上坐着，一直坐到天黑。

傍晚的海滨公园，海面上飘忽不定的灯影又出现了……然而，那些灯影似乎与前几天出现的灯影不一样，这些灯影飘忽不定，神秘而幽清，不仅没有了梦幻般的感觉，反而令夏乃红身子发冷。

这个时候，夏乃红的传呼又鸣叫起来。她拿出来一看，是吴小楠的。

夏乃红想了想，还是把传呼关闭了。

夏乃红还在海滩上孤独地坐着，她的神经已经面临着崩溃了。她觉得自己就像古代志怪小说中的人物，灵魂被吸走了，剩下的只是躯壳，那个躯壳同青春的夏乃红、甚至前不久的夏乃红没有多少关系了……

第 十 八 章

　　唐凌也这样想，在每个个体生命的体内是不是也有一条爱的河流呢，尽管每个人可能是不同的河流，但那条河一直滋润着生命，过滤着生命，它使生命的意义也伟大起来……

星期天对不同的人来说，感受一定是不同的。这个休息日是多年来唐凌感觉最艰难的一天，那么大的压力压在他的身上，那么多的难题堆积在他的面前，而他不能退缩，他只能默默地向前走，别无选择。

早晨，唐凌就把冰默喊了起来，洗漱之后，他就带冰默下了楼。

他们先是在楼下的"便民"早餐店里吃了早餐，然后，他们就坐车去了世纪街邮局，唐凌一直盼望着晓凯的消息。

尽管唐凌对那个信箱不抱太大的希望，可他还是坚持到那里寻找线索，哪怕有一点希望，他都会不断寻找下去。

唐凌打开他的信箱，突然，一封信掉了出来。

唐凌的心也随那封信飘落出来——晓凯终于有消息了！

信果然是晓凯写的，一看信封上的字迹，唐凌就知道是晓凯写的，他对晓凯的字迹太熟悉了。

唐凌一手拿着钥匙，来不及把钥匙放到口袋里，空下的一只手就把信封拿起来，用嘴把信封撕开。并把里面的信抽了出来，摊开在眼前。

信的确是晓凯写的，唐凌进一步确认了这一点，确认这一点对唐凌来说太重要了，他激动得手都有些发颤。

爸爸：

请原谅我再叫您一声爸爸。现在，我已经到家了，我到家的当天晚上，知道妈妈已经到您那里找我了。告诉妈妈，请她放心。

爸爸，现在我告诉您我为什么去找您。这几年，我妈妈单位的经济不好，她的收入很低，今年已经半年没发工资了，我们的日子挺苦的。我去星城找您的前几天，听周伯伯说：妈妈得了癌症，已经两年多了，现在到了晚期。妈妈没有钱治病，没办法。我只好自己去找您。

到了星城，我才知道您又有了家庭……我不怪您。

爸爸，感谢您这两年对我的关心和教导。请放心，我现在已经长大了，我知道一个男子汉该怎么做，我会帮助妈妈的。

爸爸你知道吗，回家的时候，我走了五十里，省了三块钱的车钱呀。

……

看到这里，唐凌已经无法看下去了，他的眼睛已经被泪水模糊了。

"爸爸，你怎么啦？"冰默在唐凌身边问。

"没什么，"唐凌说，"爸爸的眼睛好像眯了。"

"你这样，"冰默揪着自己的眼皮，做着示范动作，一边做动作一边说，"翻动几下，眼睛里的水儿就会把沙子带下来。"

唐凌拉着冰默的手出了邮局，他们步行着向单位走去。晓凯已经回去了，现在他不用担心晓凯了，可易丹呢？易丹怎么会得癌症，而且还是晚期！为什么善良的人会遭遇这样的命运？他怎么没看出来，怎么没意识到这一点呢？

就在昨天，易丹对他说了一些在他看来有些莫名其妙的话，现在，唐凌明白了，他明白了那番话的含义。的确如易丹所说，她一方面是来找晓凯，而另一方面是来看他，易丹大概已经到了生命的最后时刻，她一定要来看他，对她来说，这匆匆忙忙的一面，该是多么的艰难啊。她拖着重病的身子，坐了一天一夜的火车，同他见了一面，又要坐一天一夜的火车。

现在唐凌明白了，易丹为什么那么急于买票，而不是等他联系到卧铺票，她会十分珍惜每一分钱的。唐凌想起他在饭店要茶时，易丹看到一壶茶八十元惊讶的表情，以及易丹多次阻止他到大饭店请她吃饭。现在他理解了。

还有晓凯，为了节省三元钱而走五十里山路，对一个不满十周岁的孩子来说，五十里路差不多得走整整一天。大概就在晓凯向家步行的时候，易丹下了山，她们走了对头，错了过去。

三元钱对于冰默来说，她不会放在眼里，她看重的是品牌而从来不问价格。

唐凌后悔极了，送易丹的时候，他居然没有给易丹买到一张卧铺票，本来，他应该给易丹一些钱。他一向粗心，可对这次的疏忽，他不原谅自己，他有些痛心疾首了。

多年来，唐凌一直对易丹存在着误解，他觉得自己的肩上有一个牵绳，他用青春牵引着易丹那个拖船，就在他把拖船牵引出溪流和沼泽，奔向光明的时候，易丹无情地把他的牵绳剪断了，他的灵魂开始漂泊，他内心的小径里布满了荆棘。他觉得他承担着巨大的屈辱，是易丹埋葬了他青春的情感。

见到易丹之后，他才明白，易丹承受的屈辱比起他来，不知要大多少倍呢，她的内心已经遍布了伤痕，她还坚定不移地承载着对他的爱。说起来，唐凌对易丹的爱只是青春时期的爱，或者说是青春以前的爱，而易丹就不同了，易丹对他的爱是整个生命的全部。唐凌想起在小饭店的时候，易丹的目光挺怪的，她睁大了眼睛瞅着唐凌，就像唐凌会飞走一样。那个时候，易丹还莫名其妙地微笑着，她大概觉得终于在生命的最后时刻见到了唐凌，她满足了……

想到这里，唐凌忍不住了，泪水又簌簌地流下……

"爸爸，你又流泪了！"

"没关系，可能是风吹的。"

"可是，我没觉得有风啊。"

"你是小孩，对风不敏感。"

"不对吧，风对大人和孩子都是平等的。"

唐凌攥了攥冰默的手，慢慢地说："冰默！"

"干吗？"

"爸爸和你商量一件事！"

"你说吧。"

"你喜不喜欢咱家有一个小哥哥，当然，这个小哥哥也不大，他和你同岁，生日比你大一点……"

"可我没有小哥哥。"

"我是说爸爸想收养一个。"

"我不知道，我现在还没有哥哥的体会……"

"这个小哥哥挺可怜的，他没有妈妈了，他也没有……亲生的父亲。这个小哥哥非常坚强，还十分勇敢。"

"他可以保护我吗？"

"当然。"

"那我可以考虑。不过，你还得同我妈商量，我觉得我妈可没有我这么好说话。"

"你放心吧，妈妈会同意的。"

"那我就不说什么了。"

"谢谢你冰默！"唐凌几乎有点激动地说。

"干吗呀，你把我的手都握疼了！"

就这样，唐凌带着沉重的心情到了单位，在办公室里，他找出了晓凯给他的所有来信，把那些信装到档案袋里，同时，唐凌还把自己几年来写的日记也放到了里面。

从单位出来，唐凌叫了一辆计程车，他领着冰默，拿着档案袋去了岳母家。在车上，唐凌对冰默说："一会儿，你把这些东西捎给妈妈，妈妈看了这些信就不生爸爸的气了。"

"你应该自己交给她。"冰默说。

"爸爸还有事，就不上楼了。爸爸有可能要出差的。"

"那你应该等妈妈回家之后再走。"

"傻公主，"唐凌说，"我一走，妈妈不就回家了吗。"

计程车来到冰默姥姥家楼下，唐凌果真没上楼，他在楼下站着，冰默只好抱着大纸袋自己上楼去了。

按照他和冰默的约定，冰默上楼之后，在阳台上给他打手势。

时间不长，冰默出现在姥姥家的阳台上，她用手指了指，示意她妈妈也在。并眨了三下眼睛。

唐凌放心了，他又钻到计程车里。

那天下午，唐凌到银行里取出自己所有的积蓄，并到火车站买了当天晚间北去的车票。回家时已经是下午三点了。他收拾了行装，就趴在床上给吴小楠写了一个便条。

全文如下：

小楠：

　　原谅我一时冲动，做得不好的地方请多理解。

　　你见到这个留言的时候，我已经在去黑龙江的火车上了。我去的原因谅你全都知道了。我在家里的存折上取了三万元钱，相信你能理解并支持我。

　　照顾好冰默，回来时谢罪！

唐凌即日

晚间七点半，唐凌来到火车站候车大厅。唐凌坐的那次列车发车时间是八点二十，检票要等七点五十分，唐凌来得早了一点儿。

候车大厅里十分嘈杂，乘八点二十分火车的乘客正拥挤着，排队准备检票。唐凌不着急，他在乘客休息椅上找了一个空地方，坐了下来。

唐凌闭着眼睛，他努力稳定自己的情绪。看到车站里熙熙攘攘的人群，他仿佛觉得自己回到了青春年代，比如上大学刚出门的时候，他用惊奇的眼光看着周围的一切。再比如学校放假的时候，一些同学在候车大厅集合，他们轻松地议论着与乘车有关或者无关的话题。而令他终生难忘的是那个冬天的寒假，他终于和易丹走到了一起……

唐凌正想的时候，突然有人从背后捂他的眼睛，他连忙睁开眼睛，并伸手把捂他脸的手拨了下去。

——是冰默。

冰默哈哈笑着，为自己的小恶作剧开心得不得了。

与此同时，唐凌也看到了吴小楠，吴小楠穿了一件长裙，站在他的对面不远处，她的胳膊交叉在胸前，手里拎着一袋水果。

唐凌拉过冰默的手，问："你怎么来啦？"

冰默说："你问妈妈更合适。"

唐凌抬头瞅着吴小楠，吴小楠慢慢地走了过来，她似乎想笑一下，但又显得不太自然。

"对不起了小楠。"唐凌说，说的时候向吴小楠伸出手来。

吴小楠把手递到唐凌手里，立刻把头扭到一边，她大概已经流泪了，她在努力控制着自己。

停顿了一会儿，吴小楠又转过头来，说："你穿得有点少，我听说黑龙江早晚温差很大。"

"没关系，"唐凌说，"你别忘了，我是黑龙江长大的。"

"可你在这边已经生活了十五年了。"

"放心吧，我的基础条件好。"

"爸爸，"冰默挤了进来，对唐凌说，"我和妈妈说小哥哥的事了，妈妈说重要的事，要由你来决定，她没意见……"

唐凌几乎用了感激的目光瞅着吴小楠，真诚地对吴小楠说："谢谢你小楠！"

吴小楠用力握了唐凌的手一下，轻声说："你也别记恨我，我有的时候心眼儿是小了点……"

"是吗？"唐凌故作惊讶状。

吴小楠抿着嘴笑了。

吴小楠和冰默把唐凌送上了火车，一直到火车快开了，他们才下了车。

吴小楠对唐凌说："一定要注意安全啊！"

唐凌点了点头。

冰默说："爸爸，你可千万别忘了给我带礼物呀！"

吴小楠在冰默的头上点了一指头："你就忘不了要礼物。"

"这并不是坏事！"冰默说。

火车开动了，城市的灯光在向后移动着。唐凌联想到自己的人生之路，过去的人生也如向后移动的景物一样，很快就消失在身后了。

从城市走出来，火车窗外一片幽深。唐凌突然想到，爱情就如一条川流不息的河流一样，默默地流走了数不清的岁月。那条河从历史的深处走来，哪里是起点，他不知道，也许有人类开始，也许比那还要早。哪里是终点，也不知道，只要人类存在，这条河就会不停地流淌下去……这条河或者宽阔而博大，或者曲折而艰涩。有的时候默默流动如泣如诉，有的时候酣畅激越如吟如歌。也有风霜欺凌的时候，也有落英缤纷的季节。无论怎样，那条河都以强大的生命力流淌着，流向未来。

唐凌也这样想，在每个个体生命的体内是不是也有一条爱的河流呢，尽管每个人可能是不同的河流，但那条河一直滋润着生命，过滤着生命，它使生命的意义也伟大起来⋯⋯

唐凌到终点站牡丹江是第二天晚上，他没在那个中等城市停留，而是直接换车，去了凌河林业局。根据当时的时间推算，到凌河林业局大概要半夜十二点左右。

此时，唐凌见易丹和晓凯心切，他恨不能自己长出翅膀，立刻来到易丹和晓凯的身边，在那一刻，什么也别想阻止他奔向目标的步伐。

唐凌没有犹豫，又上了火车。

到达凌河果然超过了深夜十二点，他随三三两两的乘客下了车，走出了冷冷清清的小站。唐凌不打算住在凌河，他想连夜赶往曙光林场。结果，他找了半个多小时的车，也没有找一个肯跑"沟里"（林场）的车。

无奈，唐凌在站前一个小食品店里，给在林业局机关工作的"黄毛"家打了电话。"黄毛"是他儿时的小伙伴儿，也是小学、中学同学。

"黄毛"被吵醒了，他似乎不太高兴，尤其是知道唐凌要连夜去曙光林场，他先是怀疑是不是真的唐凌，在确定是唐凌回来了之后，他又怀疑唐凌的脑子是不是出了问题。

"黄毛，我只能求你了，没办法，谁让你在这儿最有本事呢！"唐凌说。

"行了，你别给我戴高帽了，我起来就是了。"

　　无论是否情愿，黄毛到底还是帮了他的大忙，给唐凌找了一个车。半个小时之后，胖墩墩的黄毛出现在唐凌的面前。黄毛穿了一个夹克，头发乱草一般。

　　"这么晚了你也'祸害'我，你可要好好请我一顿啊！"黄毛说。

　　"没问题，吃什么？"

　　"一两清风二两月。"

　　"又没正经儿！"

　　"开个玩笑，你要诚心请我，喝一碗加厚的羊汤就行。"

　　路上，黄毛本来期望唐凌会对他古怪的行为做一番解释，也许是过度疲劳了，唐凌在汽车进山时，在颠簸的路上就睡了起来……

　　唐凌到晓凯和易丹所在的曙光经营所时，天已大亮。

　　在唐凌的要求下，他们的车直接开到曙光经营所的小学校。那个小学还是十五年前唐凌记忆中的样子，一排旧砖房，一个方方正正但不够平整的操场。

　　唐凌走下车，眼前的情景令他的心为之一动。

　　学校操场上，学生们整整齐齐地站在那里，与此同时，唐凌分明看到木制的台子上站着易丹。这时，国歌声从一个小扬声器里响起，一个小男孩动作规则地在升国旗。不知是巧合还是什么，国旗升起时，东方山腰里也升起了鲜红的太阳。

　　唐凌被这神圣的氛围感染了。

　　国旗升起来了，易丹也看到了唐凌。就在唐凌站在那里发愣时，升国旗那个小男孩朝他站着的方向喊了一声"爸爸"，然后，向唐凌跑了过来。

　　唐凌也喊了一声"晓凯"，向"儿子"跑去。

　　这时，唐凌也看到了易丹灿烂的笑容，那个笑容已经相隔了十五年，唐凌还是看到了易丹的笑容。

黄毛站在车前，他目睹了眼前的一幕，本能地流露出小时候使用过的动词，然后，自己嘟哝一句："唐凌这小子，藏得真深！"

……

1999 年冬于大连